佐藤愛子

人間の煩悩

幻冬舎新書
425

人間の煩悩／目次

第二章　人生とは　59

第五章 あの世とは 133

第一章
人間とは

◆「人間も死んだらゴミだ」

友達にも親友・珍友・喧嘩友達などいろいろある。中山《なかやま》（あい子《こ》）さんの生前、私は彼女のことを「珍友」と書いたことがある。

「わたしゃ珍友かよ！」

と中山さんは不服そうだったが、私は珍友という言葉の中にそんじょそこらにはない、独特の個性に対する親愛感を籠《こ》めたつもりだった。

中山さんは自分をよく見せようという意識が全くない女には珍らしい自然児だった。いつもノホホンとしてノコラノコラと歩いていた。女流作家の会合で、礼儀を重んじるお方から、「あの人はお行儀が悪い」と批判されたことがある。お座敷での食事が終った後、皆で四方山話をしているうちに、いきなりどてんと仰向けにひっくり返って、

「わァハハハハァ」

と笑い飛ばし、「こりゃおかしい話だ」と起き上ってノホホンとしていた。行儀の悪

さでは退けをとらない私でも、そこまでは出来ない。そんな彼女が私は好きだった。

晩年の中山さんは血圧が高かったり、腎臓が悪かったり、糖尿があったりで決して健康体ではなかった。私は何度も人工透析を勧めたが、彼女はイヤだといい張った。

「透析の費用はタダなんだよ」

「タダなら余計、いいじゃないの」

「バカだねえ」

と彼女はいった。

「透析に限ってすべて国費でまかなわれる。たいした税金も払ってないのに、国に負担をかけるのは悪いじゃないか」

私は「はーン」といったきり、何もいえなかった。

「人間も死んだらゴミだ」というのが彼女の持論だった。ゴミになるのだから仰々しい葬式などする必要はない。そこいらに捨ててもらってもいいんだけど、それでは人に迷惑をかけるから献体をする、といっていた。それならきれいさっぱり、医学生が処理してくれるだろうし、少しは医学に貢献出来る、といって献体の申し込みをしていた。

「献体はいいけど、ホルマリンの槽に裸にされてほかの屍体と一緒にプカプカ浮いてるというじゃないの」

私は昔、聞いたことのあるそんな話をしておどかしたが、

「いいんだよ、どうせゴミなんだから」

とノホホンとしていた。

「上坂冬子《かみさかふゆこ》、あの人はほんまにエライ人でっせ」

と楠ケン（楠本憲吉《くすもとけんきち》）さんは（いつも私と話す時は大阪弁になるのですが）感心のキワミでありました。

何に感心したかというと、その頃、上坂さんはアパートを建てて「女家主《おんなやぬし》」になられたのでした。昭和何年頃かしら、当時女の細腕でアパートを持つなんて、ほんとにスゴイことなのでした（今だってスゴイけど）。

けれど感心はそれだけじゃないの。そのアパートの共同トイレの掃除を掃除婦に頼む

ないですか！

と二千円かかる、それが勿体ないからと、上坂さんは自分ですることにしたというじゃ

「二千円でっせ、二千円！」

と楠ケンさんは力を籠《こ》め、

「エライ人や……ほんまにエライ！」

感歎これ久しうす、というあんばいでした。その頃既に上坂さんは売れっ子で、テレビなども常連だったのです。ただでさえ忙しい中を二千円の掃除代を倹約するというその闘魂、ケチ魂に私は胸打たれて、

「ふーん、えらい人や！　マケタ！」

と脱帽したのでした。

『冬子の兵法 愛子の忍法』

たぐい稀なる正直な人

川上《かわかみ》（宗薫《そうくん》）さんはたぐい稀《まれ》な正直な人だった。自分の卑小さを余すところなく人に見せた。結局、正直に己《おの》れを晒《さら》して生きることが一番らくなんだと述懐していた。当時の日本の男はまだ男意識というものを持っていたから、川上さんの弱虫ぶりはいっそ愛嬌になった。ハゲ頭を隠さず、いっそ売りものにしてしまうと愛嬌になる。それが生きる知恵だ。男には人間的愛嬌があった方がいい。へたをすると愛嬌になる前に軽蔑されるという瀬戸際を危うくやり過して、マイナスを愛嬌にまで高めるのが男の修業というものであろう。

『それからどうなる』

川上宗薫は私より一つ年下で、親友というより弟分といった関係だった。彼はたぐい稀な女好きで、そのことを書いて流行作家になった。月産千枚を誇っていたから、必然的に女出入りも激しくならざるを得ない。毎夜銀座のクラブへ行ってこれと思うホステスにワタリをつけ、そのいきさつを小説にしていた。私はよく彼にいったものだ。

「川上さんは趣味と実益を兼ねてるからいいわねえ」と。

彼は銀座のクラブへ行くことを「取材」と話していた。うまく口説き落せれば一篇の小説が出来上るが、ふられればふられたで、「ふられ小説」が書ける。約束の場所に女性が来ないと、手帳を取り出して次の候補（といっても女の方で立候補しているわけではないのだが）に電話をかける。それも断られると次、また次というあんばいで、ふられっ放しにふられて収穫なしという時は、それはそれで面白い話が書けるのである。

そんな時（ふられた時）宗薫さんはよくそのいきさつを私に報告した。表で虐《いじ》められてきた男の子が、姉に訴える。すると姉がいう、

「なにやってんのよ！　呆《あき》れるより笑えてくるわ！　まったくおかしな人ねえ！」

そういって大笑いされると、そうだ、これはおかしな話なんだ、と思えてきて却《かえ》って弟の傷口は癒えたのかもしれない。


『お徳用　愛子の詰め合わせ』

❖だから作家は面白い

文学の師、北原武夫《きたはらたけお》さんが亡くなった時、弟子である私と川上宗薫は連れ立って葬儀場へ行った。並んで立っている私たちの後ろに、安岡章太郎《やすおかしょうたろう》さんと坂上弘《さかがみひろし》さんがいた。前方のステージの上に僧侶《そうりょ》が立って、北原さんの死を悼む言葉を述べ始めた。坊さまらしいお説教ではなく、北原さんその人について語り始めたのである。坊さまの声は荘《そう》重《ちょう》で、「北原さん」という時、

「キタバラさんは」

と重々しくいう。キタハラではなくキタとバラの間に半呼吸おくといった重々しさである。それが何度かくり返されるうちに私はだんだんおかしくなってきた。北原さんは私が畏《い》敬《けい》する恩師である。私が一人前の小説家として認めてもらえなかった頃から私を認め、励まして下さった。ややもすれば萎《な》えてしまう心に希望を蘇《よみがえ》らせ、小説の何たるかを懇切に教えて下さった唯一人のお方だ。北原さんの死を私は本当に悲しんでいた。

かけがえのない人を失ったという思いを、私と宗薫はこもごも語りながらその場に来たのだ。

なのにその時、「キタ・バラ」の一言で私の悲歎はどこかへ行ってしまった。何度目かのキタ・バラの時、私は怺《こら》えきれずに、

「うッ！」

と笑いを洩らしてしまった。と殆ど同時に宗薫が「クスッ」と笑いの鼻息を洩らした。そのため私のおかしさは忽《たちま》ち増幅し、それを隠そうとして深く俯くと、宗薫の靴が目に入った。彼は一時、靴をピカピカに光らせることに凝っていて、それには電車の座席のシートカバーが一番だといい、電車に乗るとそれを切り取りたいという誘惑に駆《か》られると常々いっていたくらいである。当然、その日も靴はピカピカテカテカだった。しかも彼の足はすこぶる小さく出来ていて、まるで子供靴のように可愛らしい。

それが目に入るなり、なぜか（ああ、全くなぜか）更に新しい笑いがこみ上げてきたのである。もう抑えようがない。仕方なく私はハンカチで顔を蔽《おお》って、笑いを隠そうとしたのだが、全身が揺れるのをどうすることも出来ない。だがまさか葬式で慄《ふる》えるほど

笑う奴がいるとは誰も思わないだろうから、激しく泣いていると思われることを期待して、私はハンカチの陰で思いっきり笑ったのだった。

だが葬儀の後の精進落しの席で、私は坂上弘さんからいわれた。

「佐藤さん、えらい笑ってたね」

仕方なく私はいった。

「だって川上さんの靴が目に入ったら、急におかしくなって……だって子供靴みたいに小さくて、ピカピカなんだもの……」

それの何がおかしい、とは坂上さんはいわなかった。呆れて何もいえなかったのだろう。だがその時、傍の安岡さんがいった。

「うん、佐藤さんのユーモア感覚はなかなかのものだ」

以来、私は安岡さんを徳としているのである。作家とのつき合いはこういうところが有難い。恩師の葬式で笑い出すなんて、なんという非礼、常識なし！　と怒る人がいないのがいい。世間を基準にすると、やはりもの書きというのは特別にヘンな人間なのであろう。だから私のような者も、この世界では何とか指弾されずに生きていけるのであ

ろう。(と感謝する。もっともこの頃は、マトモなお方が沢山作家になっておられるようだが)

『これでおしまい』

ある時、北杜夫《きたもりお》さんはいかにも北さんらしい葉書を考え出した。「いろいろに使える万能ハガキ」である。

「賀春。
暑中。季節の変り目。寒中お見舞。
祝(悼)。御誕生。合格。落第。
御成婚。御別居。御離婚。

一層の御健勝をお祈り致します」

そう印刷されていて、その時々で「寒中お見舞」と「賀春」がカッコで囲まれていたり、「暑中」「一層の御健勝云々」が囲まれていたりする。余白に蛙が寝ている絵があって、その布団に「臥床中《がしょう》」とある。誰もが一読して破顔してしまう卓抜な発想だ。しかしこういう葉書を何年も通用させているのは、北さんの「人徳」であるといってよいだろう。

『お徳用 愛子の詰め合わせ』

無垢な人は無敵である

詩人福士幸次郎《ふくしこうじろう》は不良少年だったサトウハチローの荒れた心に詩心を植えつけたハチローの恩人である。昔の詩人はみな貧乏だったが、中でも幸次郎は特別の貧乏だった。ハチローは十六の時、父に勘当されて一人暮しの幸次郎の元に身を寄せていた。幸次郎には定収入がないので、月々生活費として父が若干の送金をしていたが、幸次郎はその金が届くと何よりも先に本屋へ行って買えるだけ本を買ってくる。その本を大急ぎで読み終え、すぐに売りに行く。その金ではじめて米や味噌を買うのである。幸次郎は米櫃《こめびつ》に米がなくなっても平気で本を読んでいるので、ハチローは気が気でなく不良の血が騒ぎ出す。友達のお父さんがやっている米屋へ行って、友達を呼び出すふりをして米を盗み、黙って米櫃に入れておくと、やがて幸次郎が嬉《うれ》しそうに叫ぶ声が響いてきた。

「ハッチャン、ハッチャン！　お米があったよ！　ないと思ってたけどあったよ！」

この話を聞いた人はみな呆れて笑い、そして心を打たれた。幸次郎の純真、物質を越えた恬淡無垢《てんたんむく》な人となりに触れると、「米盗人」と非難することを忘れたのである。


『老兵の消燈ラッパ』


友達の中には私が年中、物を盗まれたり欺《だま》されたりしているのを見て心配し、真剣にお説教をしてくれる人がいる。しかし私はどんな同情や説教よりも「ただ面白がる」遠藤《えんどう》（周作《しゆうさく》）さんによって慰められる。

「今度からオレに相談せえ」

と遠藤さんはいい、私は「うん」というが、相談してもその通りにしたことがない。

多分、私につける薬はないのである。どんな薬を持ってきても私には効かないのだ。遠藤さんにはそれがわかっているのだろう。薬が効かないとなれば、病人の手をただ握ってやるしかない。遠藤さんはその握り方を心得ている人なのだ。

これで狐狸庵《こりあん》流のデタラメさえいわなければ、彼は最高の人物なのであるが……。

『淑女失格［私の履歴書］』

六年前、私の娘の結婚が決まり、その披露宴での祝辞を私は遠藤（周作）さんに頼んだ。

「よっしゃ、してやるよ」

と遠藤さんは引き受けてくれたが、

「スピーチに松、竹、梅と三段階ありますがね？　どれにしますか？」

と早速ふざけた。

結婚披露宴というのは総じて退屈なもので、その退屈の原因は来賓のスピーチにあると私はかねがね思っていた。

娘の嫁ぎ先は実業畑の真面目で常識的な人たちが揃っているから、祝辞は自然真面目でしかも長々しいものになった。宴席に料理が運ばれ、それを食べながらスピーチを聞くのであるから、あまり長いと皿の音やら私語やらでザワザワしてくる。

そこで私は末席からメインテーブルの遠藤さんにメッセージを送った。

――つまらんから面白うしてちょうだい。

すると遠藤さんから返事がきた。

「ナンボ出す？」

そのうち遠藤さんの祝辞の番がきて、遠藤さんはマイクの前に立った。そしていきなり大声で叫んだ。

「みんな、メシを食ってはいかん！」

一座はびっくりしてシーンとなる。その途端に傍らのテーブルから北杜夫さんがいった。

「酒は？」

「酒は飲んでよろしい……」

わーっと笑い声が上って私は嬉しくなった。

「小説を書く人間はみな、おかしな人であります」

遠藤さんのスピーチはそんなふうに始まった。

「ここにいる北杜夫もおかしいし、河野多恵子《こうのたえこ》さんも中山あい子さんもみなおかしい。その中でも一番おかしいのは今日の花嫁の母、佐藤愛子さんであります。杉山さん（婿さんの姓）。これからこの人をお母さんと呼ぶのは大変ですぞ」

人が笑う。しかし遠藤さんはニコリともせずにつづけた。

「私は昔、中学生であった頃、電車でよく会う女学生であった佐藤愛子に憧れ、何とかして彼女の関心を惹《ひ》こうとして、電車の吊り革にぶら下がって猿の真似をしました。そうしてバカにされたのであります……」

例によって例のごときデタラメである。

「今思うと私は何というオロカ者であったか、あんな猿の真似をしたりしなければ、今日はこの披露宴の父親の席に坐っていたと思いますが……」

爆笑の中で遠藤さんはいった。

「最後に私から花婿にお願いがあります。どうか佐藤愛子さんを、この厄介な人をよろしくお頼みします……」

普通ならばこういう時は「愛子さんの大事な一人娘をよろしく」というところだ。おふくろをよろしく、というのは聞いたことがない。私はジーンときた。遠藤さんはやっぱり私のことを心配してくれていたのだ。それがはっきりわかった。

だがその後、遠藤さんは手洗いに立ち、末席の私の傍らを通りながら、

「おい、七千円やぞ、七千円……」

といって出ていった。ジーンときていた私は忽《たちま》ち我に返って、

「七千円は高い……」

と早速いい返したのであった。

『不敵雑記　たしなみなし』

❖私が尊敬する恩師

私の人生を回顧するとき、最大の幸福は何といっても加藤武雄《かとうたけお》、吉田一穂《よしだいっすい》のお二人にめぐり会えたことだと思う。このお二人から与えられた力によって私は挫折せず、希望を失わずにここまで来られた。吉田先生の難解きわまる詩論に私は手子摺《てこず》ったが、しかし吉田先生の価値観から吸収したものが、その後の私の人生の背骨を作っていることを感じるのである。

吉田先生は純粋でデリケートであると同時に、潔《いさぎよ》く単純な人柄だった。美しいものはいい、美しくないものは悪い。実にはっきりしていた。

ある人が酒席で、酒に酔わない薬というものをとり出して飲んだというので、吉田先生はひどく憤慨し、

「酔うのがいやなら酒を飲むな。酔わない薬を飲んでまで酒を飲むとはなんたる女女しい奴だ」

単純にして明快な断定が下された。中途半端。曖昧。妥協。保身。そういうものを断乎排斥して、常に貧しく誇《ほこり》高く潔く、机ひとつと火のない火鉢しかない三畳の玄関の間から天下を睥睨《へいげい》しているという趣だった。

『淑女失格［私の履歴書］』

時に怒号が慰めになる

私は吉田一穂先生を訪ねた。貧乏を誇っている先生に窮状《きゅうじょう》を訴えたところで何の足しにもならないことはわかっていたが。

「先生、夫の会社がつぶれました」

いきなり私はいった。一瞬先生はポカーンとした顔になり、それからみるみる真赤になって怒鳴った。

「T（夫の名前）の馬鹿野郎が！　馬鹿野郎！　馬鹿野郎！」

破《わ》れ鐘のような怒号を聞くと、どっと涙が溢れ、私はワンワン声を上げて泣いた。私が泣くと先生の「馬鹿野郎」の声はますます大きくなり、恰《あたか》も「馬鹿野郎」と泣き声との競演といった様相を呈したのである。

吉田先生は詩人であったから「馬鹿野郎」という以外に、何のアドバイスも出来なかったのだ。だが先生のその怒号はどんなアドバイスよりも同情よりも私の孤独に染み入って、私を泣かせ、私を慰めたのである。


『淑女失格［私の履歴書］』

恩師の先見の明

今から二十六年前、私の二度目の結婚式の日、文学の師である保高徳蔵《やすたかとくぞう》先生が来て下さったので私の母が挨拶《あいさつ》をしていった。

「とにかく我儘《わがまま》な娘ですからいつまでモチますか……」

すると保高先生はいわれた。

「大丈夫です。ダメになる頃には愛子さんは小説で食べて行けるようになっています」

これをお世辞というべきかどうか、この判断はむつかしいのである。

『女の怒り方』

◆「癌になって苦しんだら、殺してくれ」

「もしオレが癌《がん》になって苦しんだら、その時は殺してくれよな。愛子さん」

美しい夕暮に気をとられたまま、いつもの調子で私は、

「いいよ」

といった。

「ほんとだよ、殺してくれる？」

「うん、殺したげるよ」

「ほんとうだね」

「大丈夫――」

勿論《もちろん》、私の返答は真面目に考えてのことではなかった。私たちには真面目とも不真面

目ともつかぬそんな調子で話をし合う習慣がついていた。私は（川上）宗薫にとって「鬼をもひしぐ勇者」だった。そして私にとって彼は「これ以上はないと思える弱虫」で、その均衡が私たちを「仲よし」にしていたといえる。だから私は宗薫の前に出ると実際以上に勇者になり、宗薫は宗薫で必要以上に弱さを曝《さら》け出した。（中略）

「ほんとに頼りにしてるんだから」

宗薫はいった。

「愛子さんに頼んであるからと思ってオレは安心してるんだからね」

――裏切らないでくれよ、という本気がその抑揚にあった。

本気だとしたらずいぶん虫のいい話だ。私はあなたの何なのよ、何だと思ってる、といいたかった。しかし宗薫はたぐい稀《まれ》な弱虫で、自分で自分をどうすることも出来ないエゴイスト。そして私は弱虫のために力を振う勇者なのだった。少なくとも宗薫はそう信じている。

「大丈夫、注射はしないから」と子供を欺《だま》す医師のように、私は行きがかり上、

「心配しなさんな」

といったのだった。

『幸福のかたち』

❖見ごとな女傑

ある対談の帰り、一つの車に乗って帰る途中、私の娘が結婚の年頃になったこともあって話題が結婚になった。私は結婚なんてどうしてもしなくてはならないものではない。したいのなら止めないけれど、積極的に勧める気はない。しかし私の娘は無能の一人娘であるから行く末のことを思うとやっぱり結婚した方がいいかもしれないとも思ったり──というようなことをしゃべっていると、上坂（冬子）さんが強い口調でいった。

「佐藤さん、そんなことといってはダメ。結婚はさせなくちゃいけない。独身を通すなんてたいへんよ。そりゃあたいへんよ」

「そりゃあそうだけど、私は二度も結婚して懲りてるからね」

と私はいって笑い合ったのだったが、その時、私は上坂さんの心のうちを一瞬、垣間見たような気がしたのだった。

しかし上坂さんは着実に人生を構築し、四階建てのマンションを建て、テナントを入れて自分は四階を専有し、呉服物に凝り、骨董などを集め、

「もうお金はいらないわ」

と私にいった。そして前にも増して猛然と仕事をし出した。（中略）

産経新聞によると財政破綻した夕張市の実情を確かめるために厳寒の夕張市で正月を過ごしたこともあったらしい。最期の時が近づいてきているというのに、病室に医師を招いて癌についての話を聞き、「がん闘病記」を雑誌に連載中に亡くなったと聞いた。とするとやはり病気は癌だったのだろうか。新聞には肝不全とあるだけで、正確な病名はわからないままだ。それも「いうな」という指令があったのかもしれない。上坂さんにとっては何病で死のうと、「そんなことはどうだっていいこと」なのかもしれない。

上坂冬子。誰にも頼らず、まっしぐらに孤独な熱血の一生を生きぬいた見ごとな女傑だ。思う通りに設計通りに人生を構築し、完結した。

『お徳用　愛子の詰め合わせ』

（中山あい子さんの）訃報《ふほう》を聞いた翌朝、中山さんのマンションへ行くと、中山さんは布団に仰向けに寝て口を薄く開けていた。献体の手つづきをとっているので葬式はしないという。病院から遺体引き取りの人が来るのを待つ間、中山さんの前で私たちはとりとめもなくおしゃべりをしたが、そこに横たわっている中山さんは私たちの話をノホホンと聞いているようだった。

その時娘さんのまりさんがふと、

「それでも八十まで生きたんだから、十分だわよ」

と呟いたので私は驚き、中山さんは大正十一年生れだから私より一歳年上の筈だというと、いや、ほんとは大正九年生れの八十なの、とまりさんはいった。中山さんほどの人が年のサバをよむなんて、とびっくりしていると、

「はじめ、何かの雑誌に大正十一年生れと出て、それが定着したのね。訂正するのがめんどくさいので、そのままにしたんですって」

と、まりさんはいった。私たちは思わずどっと笑ったが、線香の煙の向こうで中山さ

んも一緒になって面白がっていたにちがいない。

『不敵雑記 たしなみなし』

❖「玉子二個ずつ？　ウソつけェ……」

遠藤周作さんや私などが五十代の頃、七十代の先輩作家たちが次々に亡くなってしまうたびに、遠藤さんは、

「寂しいなァ、たまらんなァ」

とよくいっていた。先輩作家は我々の前に聳《そび》えている山、あるいは屏風《びょうぶ》、衝立《ついたて》のような存在で、私たちはその後ろに連らなって、何となく安心していた。屏風は守ってくれるというよりは、風除けのような感じだったのである。だがその屏風がだんだん疎《まばら》になっていく。それで遠藤さんは「寂しくてたまらん」といったのだ。

遠藤さんは私と同い年だが、作家経歴、力量、人物の大きさからいうと、とても同輩といえたものではなかった。私には彼は大きな「屏風」だったのである。その屏風がな

くなり、親しい友人の誰彼も次第に消えていき、気がつけば私の風除けはなくなっていて、鼻先を向う風が吹きつけている。八十三歳。いつか私は先頭に立っているのだった。

(中略)

かつて遠藤さんは、時々夜遅く電話をかけてきて、

「君とこの今夜のおかず、何や？」

といった。

「うちはね、スキヤキですよ。スキヤキというてもね、肉は松阪肉の一〇〇グラム千二百円もするやつでね。それに玉子なんか、一人二個ずつですぞ」

と私はホラを吹く。

「玉子二個ずつ？　ウソつけェ……」

と遠藤さんは喜んで電話を切る。こういうやりとりが彼は好きだった。こういう時は屏風ではなく、同輩というより親友になるのである。

『お徳用 愛子の詰め合わせ』

◆よく怒る人間好きもいる

いつだったか古い友達がこんなことをいった。

「あなたはあと先考えずに何でも受け容れてしまう。そして損して苦労を背負いこむ。どうして？」

どうして？　といわれても、どうしてなのか、わからない。

「苦労を苦労と思わないのよ、この人は」

と別の人がいったが、そんなことはない。後になって散々怒ったり毒づいたりしている。つき詰めて考えていくと、どうやら私は「人間好き」なのである。それを簡易にいうと「お人好し」だと友人はいったが、「お人好し」はすぐ怒って罵倒したりするだろうか？　多分、私は「人間好き」なのである。私はよく怒るうるさい奴として知られているらしいが、そういう形の「人間好き」もいるのだ。わかりにくいかもしれないが。


『老兵の消燈ラッパ』

私は剛情《ごうじょう》な人間だが、尊敬する人の言葉は必ず信じてすぐに実行する素直さがある。欠点の多い私の、これだけは唯一のよいところといえるだろう。

『淑女失格［私の履歴書］』

❖人が悲しむ時

人は悲しいからといって泣き喚《わめ》くとは限らない。泣くことで悲しみを癒《いや》す人もいるが、微笑することによって耐えようとする人もいるのだ。

『戦いやまず日は西に』

❖この世は不平等に出来ている

もともとこの世は不平等に出来てるんです。平等なんかない、と覚悟した方がいい。

ボンクラなのに金持ちに生れて、怪《け》しからんと怒っても金持ちの家に生れたのはそのボンクラの責任じゃないんだから。こんなことに腹の立つ人は、「金持ちに生れたもんだからボンクラになったんだ、ザマアミロ」と思えばいいでしょう。一番気の毒なのは貧しい家に生れたために学校教育もろくに受けられず、ボンクラになったという人です。しかし貧しい家に生れて学校へもろくに行けなかったために、コンチクショウ、今に見ていろと発奮《はっぷん》してエラくなった人もいるんです。もし家が貧しくなかったら、エラくならなかったかもしれない。人間ってそういうもんです。

『日本人の一大事』

❖人を「救える」と思うのは傲慢である

多加子はいった。

「あの人、横浜の中華街で働いているそうですね」

「うん」

「ご存知？」

「そうらしいね。昨日、葉書がきた。中国人の世話になってるらしい」

「世話になってるって？　二号さんってこと？」

「さあ……ただお世話になっていますって書いてあっただけだ」

「心配？　先生」

多加子はだんだん、意地の悪い気持になってくるのを感じながらいった。

「様子を見に行きたいと思ってるんでしょう？」

しかし公平は素直にいった。

「思わないといったら嘘《うそ》になるけどね。やっぱり気になるから。しかし行くまいと思ってる……ぼくはやっとわかったんだよ。人が人を救うなんて、そんなことは夢、センチメンタル、もしかしたら傲慢《ごうまん》なんだってことが……。人間は自分の力で自分を救うしかないんだなア……」


『窓は茜色』

無駄なアガキ

やたらに明るく無邪気で、気軽で気ばたらきのある娘さんは、間違いなく多くの人に好かれるだろう。だがそれが何だというのだ、と私は思う。多くの人に好かれることと、少数の人だが信頼してくれる人がいるということと、どっちに価値があるだろう？　自分にない明るさ無邪気さを無理やりに作るよりも、自分の持ち前の性格を伸ばす方へ考えを持って行った方がいい。短所を長所へと持って行くのだ。あの人はちょっと見にはとっつきにくい人だけれど、仕事は熱心よとか、思慮深くて沈着よとか、親切な人よとか、人への思いやりのある人よとか。

そういうことなら努力すれば達成出来る。自分にその要素のないものに向かって努力するのは無駄なアガキというものであろう。

『戦いやまず日は西に』

❖災害が教えてくれること

日本人は今や科学の奴隷《どれい》になり果てた。己れの便利快適のみに走り、平気で山を崩し海を穢《けが》し、損得を至上の価値観とし、お題目のように優しさを口にするばかりで傲慢この上ない人間になってテンとしている。この国土を覆《おお》う穢れを浄化するためにはもう地震しかなくなったのだ。神はそう考えられたに違いない。雲仙《うんぜん》の火山噴火、奥尻の大地震、冷害、旱魃《かんばつ》。神は次々に警告を出されたが、誰も気づこうとせず、ますます自然破壊に拍車をかけるばかり。阪神地方の人はまことにお気の毒。我々、すべての日本人の罪の浄化を阪神地方が引き受けさせられた。我々が過《あやま》ちに気づいて心を改めない限り、次の地震は起きるだろう。東京かもしれないし九州かもしれず、四国かもしれない。どこに起きても不思議はないのである……。

『なんでこうなるの』

人間なんて大自然の前では実にちっぽけな存在なのである。昔の人はそれをよくよく知っていた。自然の中に神を感じ、海を見て己の卑小さを知り、山に向って手を合せ、自然の恵みに感謝した。それがいつの頃からか、人間は山も海も人を楽しませるレクリエーションの場所にしてしまった。高峰に登るのはいいが、それを「征服」というようになった。科学を産み出した自分たちの知恵能力を過信し、我がもの顔に自然を見下すようになったのだ。

「想定外」もヘッタクレもない。自然の力を想定して制するよりも、自分たちの限界を想定するべきだった。人間は人間の「分際」を弁《わきま》えるべきであった。今回の災害（東日本大震災）で私が学んだのはそのことである。

『かくて老兵は消えてゆく』

◆人間は言葉でいえるほど単純じゃない

ある時、作家が何人か集まって雑談をしていた時、佐藤はなぜ亭主の借金を肩代りしたのかという話題になって、色んな意見が出たが、結局田畑（モト亭主の姓）に惚れているのだという結論に落ちついたという話を聞いたことがある。それからまた、いつだったかは私の研究家（?）と称する人がこういった。

「とどのつまり、佐藤さんはお嬢さんなんですよ、お人好しの」と。

「そうですか」

と私はいった。そういうしかない。みんな、自分の物指しでものごとを測る。物指しを沢山持っている人は、沢山の物指しで測る。だが沢山持っているために、却って真実から遠去《とおざか》ることもある。私自身、四十代の物指し、五十代の物指し、六十代、七十代の物指しで自分を語ってきた。だがどの解釈が一番正しいかはいえない。今私にいえることとはそれらの解釈はみな（人の解釈も含め）佐藤愛子の「部分」だということだ。ではそれらの部分をひっくるめたものが全体像かというと必ずしもそうでもない。それ以外にもまだいろいろある。弱かったり強かったり。言葉でいえるほど人間は単純なものではないのである。


『まだ生きている』

❖苦労を引っかぶって元気よく生きる

協調性の持てない私は、自分の自我の強さを「苦労を引っかぶって元気よく生きる」という方向へ持っていった。しかたない、妥協しない、いいたいことをいわずにはいられないという我儘《わがまま》を、「正直」という美徳（人によっては正直は悪徳というかもしれないが）の方へ引っぱった。

人々は私の我儘や激怒症やにくまれ口に閉口しながらも、私が正直であること、心にないことはいわぬ人間であることだけは認めてくれるようになった。

「ほかの人が書いたなら、こんなことウソだ、と思うかもしれませんが、佐藤さんが書いているので、本当なんだろうと思いました」

という読者の手紙を読む時、私はとても嬉しい。

私は私の欠点を引きずりながら誠心誠意生きてきた。怒る時もにくまれ口を叩《たた》く時でさえ、誠心誠意怒り、にくまれ口を叩いた。

そう生きるしか、ほかに出来ることがないからそうしてきたのである。

『戦いやまず日は西に』

❖観念の弊害

「今は何かというと思いやり、気くばりだ。念仏みたいに、優しさだ思いやりだといっているうちに、日本人はまことの優しさを失った。いいか、ここが大事なところなんだぞ。優しさがなくなったから、思いやりや気配りをうるさくいうようになったんじゃない。思いやり気配りをあまり煩《うるさ》くいうものだから、本当の優しさが出てこなくなった。観念が、自然な心を抑えつけてる。それがお前にわかるか」

『凪《なぎ》の光景（下）』

❖口にするのも情けない話

私は時々、講演に出かけるが、最近、かつては経験しなかったことを経験するようになった。そのかつてなかった経験というのは、一時間半の講演をした後、一杯のお茶も飲ませてもらえぬままに帰らされることである。

まったく、講演先でお茶を出してもらえなかったといって、ここでグチグチ悪口をいうのも情けない話だと思うが、こういう口にするのも情けない話が、今は世間に渦巻いている。

大宮のさるデパートの友の会での講演会では、一時間半の講演の後、その演台の前に立ったまま、著書に百冊近いサインをさせられ、そこからそのまま、若いハンサムに、

「どうも有難うございました。では」

と駅へ連れて行かれた。駅へ行くと、

「向こうに見えるあの階段のその奥を右へ上がった所が東京行きです。では、どうも」

改札口のところでそういうと、ではサヨナラ、とスタスタ帰って行く。私はベルトコンベアーに乗せられた荷物さながら、呆然とその後ろ姿を見送り、怒る気力が萎えた。

（中略）

昔は心にない優しさを、形式によってカバーした。優しさ優しさと簡単にいうが、それは人間への理解力、洞察、推察の力によって培《つちか》われるものであるから、そう簡単に持てるものではない。だから、おそらく昔の人は、他人への気配りの形式を教え、その形式に従うことで、優しさの代わりにすることを考えたのであろう。

今、気配りの形式は不必要なものとして排除されてしまった。そのために、鈍感さの生地《きじ》が剝《む》き出しになってきたのだろう。彼らは一時間半、立ったまましゃべった人間の、のどの状態に対する想像がつかない。いや、想像をする必要を感じていないのだろう。そんな人間が一方では、それなりに優しさを理想とし、求めているのである。

優しさがなくなった時代だから、よけいに優しさ優しさとカナリヤのように歌うのか。優しさというものを何かカン違いしているのか。優しさについて本当に考えたことがないのか。

これから私は、水筒を肩からかけて講演に行くことにする。さもなくば、演台に乗せてある水さしの水を、最後に飲んで壇を降りることにしよう。

『上機嫌の本』

人間関係は最初が肝心

何ごとも最初が大切である。最初に気どっていいところばかり見せておくと、あとあとボロを出すまいとして緊張しつづけなければならない。いかなる相手であれ、常にありのままに正直に己れを見せるという方法で、私は私の人生を生きてきた。それで相手がドギモを抜かれて逃げて行くとしたら、やむをえない（後になってからボロが出て、逃げられるよりは）。

『娘と私と娘のムスメ』

❖人の気持を考えすぎるとフヌケになる

「お前は人の気持ばかり考えすぎる。そんなことでは大人物になれん……」

学生時代から父にいわれていることを、謙一は思い出した。

「お父さんみたいに、人の気持を無視する人のそばにいたから、却《かえ》ってこうなってしまったのかもしれませんよ」

時々そう抗弁するが丈太郎（父）はいつも、

「なにをいうか」

と一蹴《いっしゅう》する。

「人の気持ばかり考えているうちに信念を失ってフヌケになってしまうぞ。フヌケの平和が何がいいんだ！」


『凪の光景（上）』

❖過ぎ去ってから気づく幸せ

クラス会が解散したのは五時近くです。何のかのといいながら、みんな、やっぱり夫のために夕飯に差支《さしつか》えぬよう、帰りを急ぎます。しかし私だけは急いで帰る必要がありません。待っている人は一人もいません。山藤さんもそうだけれど、しかし山藤さんには仕事がある。

「じゃあね、また……」

といってタクシーに乗り込む山藤さんは、今夜は徹夜で原稿を書かなければならないのだとぼやいています。急いで帰らなければならないということは、本当に幸せなことなのです。けれどもその時はそれが幸せだとは誰も思っていない。何とかして自由になりたいと皆思ってジレているのです。そうして誰からも拘束されず、ひとり気儘《きまま》に暮せるようになってからはじめて、あの時——自由のなさにジレて怒ってばかりいた時が一番幸せだったことに気がつくのです。

善意にこそ用心するべし

いい人すぎる――

私はもうその言葉に聞き飽きていた。二億三千万円の債権者たちは、その「いい人すぎる」夫を信用し、同情し、あるいは利用し、あるいは甘くみ、そして苦汁をなめさせられたのだ。夫はかつて何の因縁もない人間のために我が身をはいで金を貸したり、助けたりした。その善意と同じ善意を持って何の因縁もない人間から金を借りたり、保証人に立ってもらったりした。夫の善意は底がぬけていて、そこから害毒を撒《ま》き散らした。夫の善意は今の世の中ではマンモスの化石のように珍らしいものだった。その稀少価値が人を迷わせた。何のかのといっても、やはり人間は善意には目がくらんでしまうのだ。我々は善意にこそ用心しなければならないものなのに。

『花は六十』

『戦いすんで日が暮れて』

人の値うちは物の捨て方に現れる

道端に無惨な格好でうち捨てられた机や椅子を見ると、私はそれを捨てた人の心のあらあらしさに目を伏せずにはいられない。捨てられた物たちが、私にはあまりに哀《あわ》れに思われる。それらは過去の日常生活の中で友であった物たちだ。その中には生活のいろいろな思い出がしみ込んでいる。思い出は写真のアルバムや日記の中にばかりあるものではないのである。庭の一本の木にも、机の傷にも、フライパンの穴にもある。それを思うとき、同じ捨てるにしても、捨て方というものがあるのではないかと私は思う。人間の値うちというものは、もしかしたら、そんなところ——例えば物の捨て方に現れるのではないだろうか。

『こんな考え方もある』

❖楽しいつき合い

楽しいつき合いというものは、ありのままの自分を見せ合うことの出来るつき合いである。そのためには時間をかけて、何でもいい合い、何を聞いても驚かず、理解と信頼を深めていかなければならないだろう。

「これ、よかったら食べない？」

「いらないの？　じゃあ食べる」

といって食べるような人とのつき合いが私は楽しい。

「あなた食べない？」

「いらないわ。おいしくないもの」

という人とのつき合いも悪くない。

私には、まずいものをおいしいといいつつ食べる食事会は楽しくないのである。が、そうかといって、まずいものでもおいしいといって食べるのがおつき合いだと思っている人たちもいることは確かなので、要するにこれは気質の問題なのである。

変人は変人と、常識人は常識人と、それぞれ気質に合ったつき合いが楽しい。だが、そうはいっても変人が常識人とつき合わねばならない場合があるのが世の中である。そのつき合いは楽しくはないだろうが、これも人生の修行になると考えることだ。そう思えば、逃げることもないのである。


『こんな女もいる』

❖ だから人間は面白い

小学校へ上った頃の私は、恥かしがりやの弱虫だった。おとなに挨拶をするのが恥かしいから黙っている。すると母は、よその人に挨拶をきちんとしないといって怒る。だからよその人がくると、私は逃げた。

挨拶をしないのは、するのがイヤだからしないのではなく、恥かしいからしないのである。しかしひとには、なぜ恥かしいのかがわからない。だから、

「おかしな子やなァ」

と嘆かれる。

この「恥かしがり」という病（？）を背負って、私は人知れず苦しい思いをしていたのだ。（中略）

私がこんな思い出話をすると、人は皆、信じられないという。

「ほんとですか」

と念を押す人もいる。

「佐藤さんもそうだったのかと思うと、元気づけられます」

といったのは、気弱な子供を持ったお母さんである。

「でも、そんな子供だった佐藤さんが、どうして今のような鬼をもひしぐ人になったんでしょう」

と質問した人もいる。

どうしてか私にもわからない。

「私という子供」は、本当は強いものを持っていたのだが超過保護に育ったために弱虫になっていただけなのか、それとも今の「強気の私」は弱い自分があまりに苦しいので、自分で自分を作り替えたための結果なのか。私にわかることは人間は変る、変り得るということである。

『何がおかしい』

人間というものはなかなか面白いものだ。人生は捨てたものじゃない。生きていく上での色々な経験が、悪い経験も良い経験も人間形成の糧になっていくのだから。今、ワルだからといって死ぬまでワルと決めてしまう必要はない。今のワルがいつ脱皮して変貌していくか（しないかもしれないが）、その可能性は誰もが持っていることを信じよう。それが人生の面白さだ。

『かくて老兵は消えてゆく』

第二章　人生とは

❖「損をするまい」として生きたくない

——ある時はあるように生活し、ない時はないように生活する……。

それが私が到達したい生き方の理想である。私はまたこうも思う。

——泳げなくても、飛び込めば泳げるようになるものだ……。

損をするまいとして八方に知恵を廻《めぐ》らせ、汲々《きゅうきゅう》として生きることは私の性に合わないのである（第一、廻らす知恵がない）。私は私の性分に従って生きてきた。その性分が私の価値観を作った。私が無考えに行動して、失敗したり損を重ねて苦労を招いていることを心配する人たちに答えるとしたら、

「しょうがないのよ、こういう人間なんだから」

というしかない。

「だから考えを変えなさいといっているのよ」

としつこくいう人には、

「これが気に入っているんだから、それでいいだろッ！　うるせえな！」と俄《にわ》かに荒々しくなる。

どっちがエライか、エラクナイか、などの問題ではない。賢いか、賢くないか、それもどうだっていい。要するに満足出来ればいいのじゃないか？

凸凹だらけの私の人生に、どれほどの血が滲《にじ》んでいようと、私は私の人生に満足である。

『老兵の進軍ラッパ』

ピーコ　その前から、愛子ちゃんは人生の分岐点になると楽なほうを選んでこなかったわよね。

愛子　どっちを選べば楽なのかわかんないからねえ、そのときは。

ピーコ　わざわざ険しいほう、険しいほうって選んできていると思うんだけど。

愛子　いや、それは私にとって自然だったのよ。旦那の代わりに借金背負ったことも、私の気持ちは逃げるより背負ったほうが楽だったの。いいわけしたり懇願したり、謝ったりするのが面倒くさいのよ。

ピーコ　何でそんなに強いんだろう。

愛子　これはね、ヤケクソの力っていうか（笑）。私は本当はとっても心配性なのよ。だから、そこに直面するまではいろいろ心配するんだけど、そこへ行っちゃうといきなりヤケクソになるわけです（笑）。

『愛子とピーコの「あの世とこの世」』

いつまでもこの世を生きつづけていれば、だいたいの答は出るかもしれないが、私なんぞ沈むかと思えば浮き上り、浮き上ったかと思えば沈むという人生をやり過してきた者には、「沈まなければ浮かなかった。浮かなければ沈まなかった。そんなもん、考えたってしょうがないがな」という心境になるのである。これを達観というか諦観というかはよくわからないが。

『それからどうなる』

人生は苦しいのが当たり前

「楽しくなければ人生じゃない」とは私は思ってないの。「人生は苦しいのが当たり前」と思っているの。苦しいから手負い猪《じし》のようにガムシャラに生きただけ。それが人の目には「楽しそう」に見えるだけ。

『冬子の兵法　愛子の忍法』

そもそも私はらくにこの世を生きたいなどという発想には反対の人間であるから、この世を生きるのに大切なのは鈍感力よりも「鋭敏な想像力」だと思っている。この世の辛《つら》さ苦しさを乗り越えて学んでいくのが生きる意味である。だから、たとえ辛くても人に対する、社会に対する鋭敏さを持つべきだと私は考える。

『老兵の進軍ラッパ』

❖ 順風満帆な人生なんてない

多くの人は「順風満帆」を何よりの幸せだと思っている。つまずきのない、順調平穏な人生に憧れる。しかしこの世にはそんな人生なんてないのだ。蹉跌《さてつ》があってこそ生きることに意味があるのだ。

『死ぬための生き方』

❖ 高を括るとろくなことがない

現代人は高を括《くく》るようになった。装備不十分のまま登山して遭難したり、スキー場の「ここは危険。すべるな」という注意を無視して事故を起こしたり、どこの何者ともわからぬ男の車にやすやすと乗って殺されたり。想像力の欠如と同時に高を括っているからだと私は思う。

失敗なくして強さは身につかず

私は失敗をしては戦い、その戦いによって力を培ってきた。今は何がきても怖くなくなった。覚悟を決めて生きられるようになったのは、数々の失敗のおかげだといえる。

『老兵の消燈ラッパ』

用心深い人には負け惜しみに聞こえるだろうが、そういえば私の人生は痩《や》せ我慢の人生だったともいえよう。

『戦いやまず日は西に』

精神の強さというものは一朝一夕で身につくものではない。怒り泣き諦め辛抱しながら、苦しい現実と何とか折合いをつけて生きていく。その経験の中で培われるものなのだ。

『老兵の進軍ラッパ』

✤苦難の中にも「救い」はある

遠藤周作さんはよく、

「君はなんぼ苦労しても、苦労が身につかん女やなア」

という。仕方なく私は答える。

「そうかなあ。エヘへ……」

エヘへ、と笑うのは、それほど苦労したという自覚がないからで、また苦労した苦労したと歎《なげ》くのが嫌いなタチだからでもある。私の周りの人（娘、お手伝い、編集者、友達）の方が私のためになんぼか苦労をしている筈だと思う。借金を残して遁走《とんそう》した夫でさえ、私のために苦労したことが数々あったにちがいない。（中略）

少くとも私は自分の好むように生きて、そうしてここまできた。いいたいことをいい、したいようにしてきた。人を羨望せず、嫉まず、怨まず、おもねらず、（その代り損や誤解を山のように背負ったが）正直にありのままに生きてきた。こう生きるしかないから、こう生きた。よくもまあここまで生きてこられたものだとつくづく思う。

神は私にさまざまな苦しみを与えられたが、その代りに私を助けてくれる人々をもつかわして下さった。それを今、私は神に感謝する。もし私に苦難が与えられなかったなら、私はそれらの人々の愛情と理解に巡り会えなかっただろう。それは私の人生の宝だ。

あの時、借金を肩代りしさえしなければ、今頃はカネモチになって気楽に暮していられたでしょうにねえ、といってくれた人がいる。しかし私は思う。あの時、借金がふりかかってきたからこそ私はぐうたらの一生を過さずにすんだのだ、と。そうでなかったら、もともとぐうたらの私はどうなっていたかわからない。

『淑女失格［私の履歴書］』

❖「羨ましい」と思ったことがない理由

元来、私は人を「羨《うらや》ましがる」ということが嫌いである。

「ああ、美人だなァ、キレイな人だなァ」

と感心することはあっても、

「羨ましいなァ、あんな美人になりたいなァ」

と思ったことはない。

そう思うのはシャクにさわるから思わない、というのではない。どだい、「羨ましい」と思う感情の根が欠落しているようなのだ。

どこかに上品、優美、誰からもふり返られ、褒《ほ》められる才媛《さいえん》のお嬢さんがいても、

「ああ、うちの娘と何たるチガイ！　あのお嬢さんのお母さんが羨ましい。あんな娘がほしいなァ」

と思うよりも先に、

「だいたいこの私に、あんなかぐや姫みたいな娘が出来るわけがないよ」

と思ってしまう。

いくら羨んでも、この親にこの娘あり。隔世遺伝に期待してもダメである。突然変異というやつなら、万が一あるかもしれないが、しかし待てよ、そんなかぐや姫みたいなのにそばにいられては、何かにつけて見劣りがしてやりにくい。母親より娘の方がデキ

がよくては威張れないじゃないか……。
——今のままでよろしいのだ……。
と思い決めるのである。

『娘と私のただ今のご意見』

◆損得で生きる人生は不幸

「——私は現代人が何かというとそろばん勘定しながら生きていることを、大きな不幸だと思うんです。そろばん弾いて、損か得かをまず考える。得だと思えばするが、損だと思えばしない。しかしかつての人間の生き方の中には、損かもしれないがやる、という生き方があったにちがいありません。可能か不可能かを考えてからやるのではなく、不可能だがやってみようという夢をなぜ我々は持つことが出来ないのでしょうか。現代には身を削るという思想がなくなっているんです。身を削らずに生きる——そして生き甲斐《がい》は何か、現代には生き甲斐はないのかと探している。身を削らないで、安穏な道を歩いていて、そんなものがあるわけがないのです……」

『鎮魂歌』

❖傷つかず、傷つけもしない人生はつまらない

「一度も傷つかず、傷つけもしなかった人生なんて、おならみたいなもんだわ」

『花は六十』

「自分の思い通りに生きようとすると、必ず誰かを傷つけなければならないものなのよ。傷つけることの出来ない人は、諦めて妥協する。そのどっちかよ、人生は」

『幸福の絵』

❖お金と人生

もし庭に金の成る木が植わっているとしたら、ここ掘れワンワンと犬が吠《ほ》えて庭隅から金銀財宝が出て来たとしたら、なんて面白くない退屈な人生だろうと思う。働かなくても金のある生活が、どうして幸せだろうか。金を手にすることの面白さは、努力することによって手に入る点にあるのだと私は思っている。資産家の金が利が利を産んで増えて行くことは、少しも「幸福」なんぞではない。損したり得したり、泣いたり笑ったりしながら増えて行く金でなくてはつまらない。

『何がおかしい』

株の売買で大損をしてクヨクヨしている奥さんに私はこういったことがある。

「それくらいのことでクヨクヨするなんて、まだ損をし足りないからですよ」

そして奥さんを怒《おこ》らせてしまったが、それは私の実感だからしようがない。

損をしてクヨクヨしないためには損に馴《な》れることである。私も若い頃は（裕福だった頃は）損をすることがイヤだった。だがそのうち夫の借金を引っかぶり（夫は逃走）損ばかり重ねているうちに損のタコが出来て、ちょっとやそっとのことではクヨクヨしなくなった。私には損のタコ、裏切られタコ、喧嘩ダコ、苦労のタコ、全身がタコで固まっていて、そのおかげで何があろうと平気でいられるようになった。

幸福というものは、金があってもなくても、平穏であろうとなかろうと、常に自分自身として平然と生きていけることだと私は考えている。そういう幸福を身につけたいものだと願っている。

とにもかくにも私は力を抜くことなく、力イッパイ生きた。人生の終幕にさしかかって改めて思うことはその満足である。この満足を与えてくれた、もろもろの苦難を有難いと思うようになれたことを今、幸福だと思う。

『お徳用 愛子の詰め合わせ』

◆読者のためにもなる「人生相談」

このところ読売新聞朝刊の「人生案内」を私は愛読している。(中略)

昨日も高校卒業後、専門学校に入ったが一年足らずで辞めてアルバイトを転々としてきたという女性の相談が載っていた。仕事につく時は長く勤めようと思うがすぐに疲れ、職場の人に悪口をいわれたりするともういやになってしまう。パソコン教室、カルチャー教室などに通ったが、どっちも資格を取れずに終った。仕事だけでなく趣味や人間関係にも飽きっぽく、いつもその場限りの楽しいことで気を紛らせている。そんな私はやっぱり甘ったれた我儘娘なのでしょうか、という相談者は二十九歳の独身女性である。

こういう相談にはどう答えればいいのか、私には何の答えも浮かばない。いうとしたら、「しっかりせえ、あんた、年ナンボや！」と怒鳴るだけである。

さて回答やいかにと目を転じると、数学者の藤原正彦先生の回答は、

「その通り、あなたは甘ったれの我儘者なのです」

のっけからそういい切っているのが嬉しい。

「何かをしたいと思って始めても、ちょっといやなことや苦しいことがあるとすぐにやめてしまうというのではどうしようもありません。恐らく親にいやな手伝いを強制されたり、何かをしたいという自由を侵害されたりすることなど殆どないまま甘やかされて育ったため、忍耐出来ない人間になってしまったのでしょう」（全く同感。その通り）

「健康でありながら学校を出て何年たっても経済的自立をせず親がかりでいるという若者が最近よく目につきます。繁栄の泡のようなものと思いますが、親や健康を失ったり真の不況におそわれれば生き延びることは出来ません」（その通りその通り、同感同感）
「歯を食いしばることなしに生きて行くことは出来ないということを胸にたたき込まない限り、今後の望みはありません」（傍点私）
何という胸のすく一言。バンザイ、ザマミロ、わかったか、と私の溜飲は下る。しかし、私の溜飲は下るが当然のことながら相談者の溜飲は下るわけがない。相談を受けた者は、いいたいことをいってもいいっ放しではいけないのである。そのむつかしいところを藤原先生はこんなふうに締め括られた。
「神様はすこぶる意地悪で、世の中を隅々までそのように辛いものにこしらえてしまったのです」
いやあ、実にあったかい。おとなだ。私は脱帽、平伏という心境になる。
——こんな厳しいことをいうのも神様が世の中を辛いものにお造りになったからなんですよ、だから努力しなければならない、辛さ苦しさを我慢しなければならないのですよ……。それまでの厳しさを補って余りある結びではないか。これが私ならどうか。

「そんなことでこの世の荒波をどうして乗り切ることが出来ようか！」

の使い古した決り台詞。

「二十九にもなって親がかりでいるのを恥と思わなくちゃいかん！　恥を知れ、恥を！」

などと叫んで相談者を挫《くじ》けさせる。あるいは相談者はふてくされてますますぐうたらになってしまう。藤原先生の回答は、相談者ばかりでなく、この私のためにもなっているのだ。


『そして、こうなった』

❖複雑な世を生きぬくコツ

人は私を単純な人間だ、といって笑うが、いくら笑われても年を追うごとにますます単純になって行くのが自分でもよくわかる。

なぜ私はだんだん単純になって行くのか。考えてみると今の世の中、複雑過ぎて、アレを考えコレを考えしているうちに、もう面倒くさくなり、却《かえ》って一本の丸太ン棒のように単純になって、その棒の持つ力で押して行こうという気になったようである。それが不器用に生れついた人間が、最後に辿《たど》りついた生き方なのである。

『男の学校』

❖元気の源

神さまは私たち人間に「忘れる」と「馴れる」という有難い能力を与えて下さった。神は私にさまざまな試練を課されたが、その代りに人一倍多い「忘れる、馴れる」の能力を授けられた。私が数々の試練に耐えてこられたのは、そのお蔭である。私はそう考えて神に感謝しているのだ。友達は「そんなのただのノーテンキってことじゃないの」というけれど。そうだ、「ふざける」ことも、もしかしたら神さまが「おまけ」として与えて下さった才能かもしれない。

忘れて、ふざけて、馴れる――。

「なるほど、それが生きるテクニックですか」

テクニックだなんて、そんな生やさしいものではない。それは力だ。元気を出す源泉である。人生が苛酷であればあるほど、それは増幅される。それを私は身をもって知ったのである。


『まだ生きている』

第三章　男と女とは

◆結婚のメリット、デメリット

ごく大ざっぱに、結婚の罪《ざい》の方をいうなら、まず自由がないことだろう。独身者はすべての時間を自分のものとして使うことが出来る。だがその自由の代りに、孤独がある。孤独の中には自由という蜜があるが、同時に緊張を（意識するしないにかかわらず）伴っている。

独《ひと》り居《い》はうっかり病気にもなれないのである。大地震、大火、さまざまな災厄。とっさの判断を一人でし、ひとりで我が身を処さなければならない。いざという時、一人よりも二人で災禍を支える方が楽である。だがその代り、連れ添う者が足手まとい、という場合もある。メリットとデメリットは表裏一体をなしているのだ。

『死ぬための生き方』

ある日、長年の知己《ちき》が五年ぶりでやって来た。確か七十五歳になる筈だが、うち見たところ六十五、六にしか見えない若々しさ。昔から身だしなみのいい人ではあったが、五年前と少しも変らない。鮮かな口紅の色がパッと目に飛び込んでくる。

「元気ねえ」

思わずいうと、

「亭主が死んでくれたおかげ……」

艶然《えんぜん》と笑う。昔は「主人」といっていたのが今は「亭主」という。


『それからどうなる』

時代が変り、変化したその時代の中で新しい強い女性が生れ育ってきたはずなのに、よく考えてみると結婚についての考え方は、安定を求めるという点においてそれほど変っていないような気がする。しかし昔は安定を求めた代りに苦難に耐える覚悟を持っていた。いまは安定を求めながら、楽しくやりたいと思っている。しかし現実はそううまいことは二つ一緒にやってこないのである。

『丸裸のおはなし』

❖むやみに傷つく女性も悪い

女性の中にはよく、私は傷ついた、あの人に傷つけられた、と怒っている人がいるが、私は傷つける方も悪いが、むやみに傷つく方も悪いと思っている（さすがに男性にはそういうのはいない）。

『淑女失格［私の履歴書］』

❖強い男は過去の遺物

当節、「カッコいい」という言葉をよく耳にするが、私のような年寄りにはカッコいいとはどういうカッコなのか実のところよくわからない。

私見では、例えば三船敏郎演じる「椿三十郎」は文句なしに「カッコいい男」である。一言でいえば豪快。何よりも強い。大きい。知恵と自信が漲《みなぎ》っている。堂々としていて且《か》つ飄々《ひょうひょう》としている。男のカッコよさの見本のような人物だと思う。しかし椿三十郎は今の日本の現実の中では存在し得ないことはいうまでもない。

それでもあえて私にとっての男の理想をいうとすると、やはり「強さ」が第一である。弱い者のために身体を張って守る。喧嘩に負けない。逃げない。歯を喰い縛って耐える。かつて「男は黙ってサッポロビール」というCMがあったが、何もしゃべらず、沈黙して孤独に徹する姿は、最高のカッコよさであろう。(中略)

どうやら私がカッコよさを覚える男性像は今の日本ではいりおもて山猫のごとくに絶滅寸前なのである。だがもし現実にそういう男がいたら今は「ダサイ」の一言で片づけられてしまうのかもしれない。

『お徳用 愛子の詰め合わせ』

「男の子だから」といっておだてられ、期待された時代の男は、女と酔漢《すいかん》が争っている場面を見て、見ぬふりすることなど出来なかった。男子たるものは弱き者のために強きをくじかねばならぬという男の血が、反射的に湧《わ》き立ったものだ。

だが今は弱き者のために強きをくじこうと思う男はいない。それをしなくても恥ではなくなった。なぜなら自分が「弱き者」だからである。

『こんな暮らし方もある』

男の魅力

何といっても男は「強く」「大きな」存在であってほしい。長い間、私はそう考えていた。普段はのほほんとしていて、吊鐘《つりがね》のように鈍重に見え、デリカシイなど全くないといって奥さん（あるいは恋人）に文句をいわれていても、いざという時、ここ一番という時には力をふるう意外性。（中略）

今、ふと思い出したのだが、亡くなった色川武大《いろかわたけひろ》さんは、そういう点で私の理想のタイプだった。

ザンバラ髪の、「首実検《くびじつけん》の首」といった風貌だったが、いつも穏かな、実に大きな人物だった。女にもてることとか、損得とか、えらくなりたいとか、人に好かれたいとか、カッコよく見られたいとか、およそ卑しい野心というものがなかった。ということは時流に妥協することも流されることもなかったということである。それゆえにこそ色川さんは自由だった。

自由をしっかりと身体《からだ》の奥に止めている男の魅力が色川さんにはあった（だが色川夫人はあんなに我儘勝手《わがままかって》で厄介な人はいないといわれる。どうやら理想の男、必ずしも理想の夫ではないのである）。

『死ぬための生き方』

夫の浮気

約十年間、彼女（A子さん）は浮気の痕跡を探しつづけた。当然、彼女はその道にかけては名ベテランとなった。十年の間に彼女が発見した夫の浮気は、両の手の指だけでは数えることが出来ぬという。

しかし超ベテランの浮気発見師となったからといって、彼女の夫の浮気がやんだわけではない。A子が探る、夫が隠す、ここに追いつ追われつの一大攻防戦が展開され、超ベテランのA子の浮気追及に対してA子の夫はいつか超ベテランの浮気師となった。まことに好敵手《こうてきしゅ》はその攻防のうちに互いに切磋琢磨《せっさたくま》してその実力を高めたのである。

A子さんの話はそれだけである。それ以上に何もない。果しなき攻防戦がどちらかのエネルギーが枯渇するまでつづくのであろう。この話には夫の浮気を見破ることは無意味なことであるという訓《おし》えが含まれている。

『丸裸のおはなし』

世の妻は夫の浮気に対して、静かに座し、目を半眼にして夜半の嵐でも聞くようなつもりでそれが通りすぎるのを待つ——それこそ理想の妻の姿であると私は思う。浮気浮気と目の色変えなさるな。長い人生、一度や二度は夫に欺《だま》されてもいいではないですか。

『丸裸のおはなし』

❖浮気の本質

不実、裏切者と簡単にいうけれど、彼ははじめから不実な人間として存在しているわけでなく、「不実な人間ではないのだが、結果的に不実になってしまった」という場合だって少なくない。気が弱いから不実になった男もいるだろうし、気が弱いから不実を働かなかった男もいる。

また男をして「不実にさせてしまう女」がいる場合もあるし、不実な男を「不実でなくさせた女」がいる場合もある。不実かそうでないかは組合わせの問題でもあるのだ。

『男の学校』

❖男には理解できない女の論理

田辺（聖子） つまり、夫婦ゲンカというのは、ウッセキしたものが何かのキッカケで、突如として爆発するってことになるのねえ。

佐藤　そうそう、わたし一ぺん、アイロン一所懸命かけてる最中に、突如としてムカムカッときたことがあるんですよ。亭主が倒産したあと借金払うのに、もう四苦八苦で夜の目も寝ずに原稿書いてるでしょう。その仕事の合間にアイロンかけたりしなきゃなんないわけ。もうほんとに休息のいとまもなく、いまわたしはこうして小説を書き終わって、ここでアイロンかけてるんだ、そう思ったら、彼はテーブルの向こうでのんきにテレビなんか見てたのよ。それでカーッとなって、ちょうど紅茶茶わんが──欠けた茶わんで紅茶飲ましてたんだけど、それが目の前にあったものだから、アイロンでその紅茶茶わんをぶんなぐったの。なんで突如として紅茶茶わんをなぐったのか、まわりの者はみんなわかんないけど、わたしの中にはそういう順序があるわけ。ちゃんとした筋道があるのよ。

田辺　ウン。女の筋道と男の筋道ていうのは、あれは確かに違うね。

佐藤　違う違う。

田辺　女は論理的じゃないていうけど、そんなことはないよ。やっぱり女の論理ていうのはあるよ。

佐藤 そうよ。女の論理なのよね、ウフフ。

『男の結び目』

❖文句をいえる相手がいるうちが花

あれはいつのことだったか。質屋の良平さんが突然来て、あり合せのもので鍋《なべ》ものをした。急なことで豆腐がなかったのを、あの人は怒った……。なんだ、豆腐がないのか、しようがないな……。

「すみません」とわたしは謝った。あの頃は何かというと「すみません」といっていた。すると良平さんがいった。「羨ましいような幸せだなあ」と。「なにが幸せなものか。わしが豆腐が好きなことを知っていて買ってないんだ」とあの人はいった。すると良平さんはこういった。

「そういうことをいえるのが幸せなんだよ。わしのような男ヤモメには文句をいったり喧嘩する幸福もないんだ。こうして文句をいったりいわれたりするのが幸せなんだというこことが、しみじみわかることほど不幸はないよ」

『風の行方《ゆくえ》（下）』

❖男の中で生きる女

わたしは、世間の妻の大部分が、他の男性に対してはとに角、自分の夫にだけは何のかのといいながらも結局は批判の矛先《ほこ》を鈍らせるのを、いつも腑甲斐《ふがい》ないことだと思っています。そうして男というものの全部が全部、無批判に夫に同調している妻を、貞女《ていじょ》の鑑《かがみ》のように褒めそやすのを見ると、バカバカしいやら胸くそが悪いやらで、横を向いて唾を吐きすてたくなるのです。妻に対して無批判に服従している夫は妻ノロと笑われ、夫に対して無批判な妻は貞女の鑑のようにいわれるのは、それは男が作り出した価値基準なのでしょうけれども、なにも女がそれに同調することはないのです。男から褒められる女なんて、そんな女こそほんとうの助平にきまっています。そんな女は、現実の中で生きているのではなくて、男の中で生きているのですから。

『ソクラテスの妻』

❖泣かない女は苦渋を味わう

昔から女に涙はつきものと考えられて来た。（中略）
勇猛果敢な女は勇猛果敢な涙をふるって男を屈伏せしめ、臆病小心な女は小心のシクシク泣きで男を懐柔する。小心臆病よりもう一段下の、あかんたれクズは、あかんたれクズの涙をメソメソ流して男への恨みつらみ四方八方へこぼして人の同情を引き、他人の助けを借りて辛うじて身を守る。女は涙が人生の武器であることをよく知っている。涙持たぬ女は対男性との戦いでは常に負けいくさの苦渋を味わわねばならぬのである。

『私のなかの男たち』

怪しからぬことに、男は泣く女が好きなのである。女の涙を見て心が動く。いたわろう、守ろう、という気になる。危急の際にも泣き声ひとつ上げず、うーむと踏んばって男に頼らず立ち働くと、男はラクをした上におこがましくもいう。

「いやはや、可愛げがなくてねえ……」

泣く女がいいか、泣かぬ女がいいかと問われると、泣かない女がいい、と答は決っている。しかし泣く女がトクか、泣かぬ女がトクかと訊《き》かれれば、泣く方がトクだといわぬわけにはいかない。それゆえか、泣く女は後を絶たぬ。それが何とも腹立たしく情けない。

だがしかし、女が涙を見せれば男の心は動くというが、女は女でもばあさんが泣くと男は舌打ちをする。それがまたいっそう、腹立たしく情けないのである。

『女の学校』

❖「十の情事より一つの恋よ」

「中根さん、苦しい恋の経験はどんなに辛くてもね、経験しないよりはした方がいいのよ。十の情事より一つの恋よ」

『風の行方（下）』

私は何ごとにも打ち込むことが好きな人間であるから、男の人を好きになることにも全身全霊をもって打ち込みたい（夫がいようといなかろうとである）。打ち込んだ以上はそこから人間として滋養《じよう》を吸い取ることが出来ぬような男は相手にしたくないのである。

『愛子のおんな大学』

❖健全な男はみな助平である

格言――男ってヤツは女がひっつきまわれば、たとえどのようなご面相であろうとも、かならずヤル。それが健全な男である。

『ひとりぽっちの鳩ポッポ』

❖男の「やさしさ」には要注意

「私のカレ、とってもやさしいの」

とエツに入っていた若い女の人がいたが、そのカレはやさし過ぎて、あっちの女にもこっちの女にもやさしくして、四角関係のもつれのあげく、やさしく謝りながら、三人の女の中で一番強い猛女と結婚してしまった。

また、「うちの主人、とってもよく気がつくやさしい人なの」と喜んでいた若妻が、十年後には、

「もうもう、朝から晩までコセコセコセコセつまらないことによく気がついて、文句ばっかり。ホトホトいやになったわ」

と歎いている。

男のやさしさなんて、一朝一夕にわかるものではないのだ。だからせめて、「やさしい人」という代りに、「腹がでかそうな人」とか「理解力を持っている人」とか「認識

力のある人」という風にいってもらいたいのだが、どんなものだろう。

『女の学校』

「美保。君は率直な人間だから、ぼくも安心して率直に話せるんだが、ぼくは君と彼女とを較べて、彼女の方を余計に愛してるというんじゃないんだよ。正直いって君と別れるのは辛《つら》い。親父やおふくろ、会社の連中にも何も知られずに、うまく収拾をつけたいと思ったことは何度もある。金で解決しようと考えたりもしたんだ。しかしね、彼女はもう一生、子供が産めないんだ」

美保は低くいった。

「それは彼女自身の責任ね」

「同時にぼくの責任だ」

間髪入れず謙一はいった。沈黙が落ちた。暫《しばら》くして美保がいった。

「責任ですか？　愛情じゃなくて？」

「愛情……」

謙一は正確に答えようとして少し考えた。

「憐憫《れんびん》だな、愛情というよりも」

「憐憫？」

美保は冷然と夫を見た。

「男女間は対等よ。憐憫で一緒になるものじゃないわ。それは池田さんに対する侮辱じゃなくて？」

「君はそう思うだろうね。しかし彼女はそんな女じゃないからね。ただの、普通の、むつかしいことは何も考えない娘なんだ」

「そう……わかったわ」

美保は無理やりに押さえつけた、低いいやな声でいった。

「こういうことね？　意識も低く、才能もなく、か弱い普通の女の子だから、償《つぐな》いをしなければならない。強い自立した女には償う必要はないけれど……。そういうことね？　弱い人、努力しない人は得をするってことね。あたしは強いから夫の理不尽な仕うちを許して身を引くべきだ……そういうことなのね？」

美保の目は動かず、唇だけが笑った。

『凪の光景（下）』

夫婦の価値観

夫婦というものは、価値観、あるいは人生の目的が同じであることが大切だと私はつくづく思う。私の家の近くにHという青果店があるが、夕餉《ゆうげ》の買い物に行くたびに、ああ、いい夫婦だなあ……と私はいつも感じ入る。H夫婦が生き生きしていて夫婦仲がぴったり密着しているように思えるのは、夫婦が共通の目的に向かって一生懸命に立ち働いているからであろう。（中略）

サラリーマン家庭の難しさは、夫と妻が一日の大半を別々に暮らしていることにある。夫は会社で何をしているのか。夫の前途はどうなのか。夫は何を考えているのか。妻にはおおよそのことしかわからない。夫の方からも妻に対して同様のことがいえる。共働きの場合は尚のことだ。夫と妻の目的は全く違うのである。夫が（あるいは妻が）目ざしているものは会社の繁栄であるが、妻が目ざしているものは家を建てることであるという場合もあれば、妻が目ざしているものは己れの能力の発掘にあるが、夫が目ざすものは家庭の平穏であるという場合もある。妻は夫と個別に人生の目標、生き甲斐を持つようになったのだ。夫はその目標、生き甲斐に協力しなければならなくなった。今まで協力は一方的に妻にのみ負わされていた義務であったが、これからは夫の協力が要求される時代に入ったのである。

『何がおかしい』

❖元気の秘訣は夫婦ゲンカにあり

すっかり忘れていたが、今から二十年余り前、私には夫がいて（つまり娘の父親）、その頃の我が家の名物は「夫婦ゲンカ」と決まっていたものだった。

夫婦ゲンカをしないような夫婦は妥協のぬるま湯に浮かぶ水垢《みずあか》のような夫婦だ、などと私は広言し、私の毎日は夫婦ゲンカによって活力を増す、といった趣だったのだ。

◆女が寛大になった時に夫はいない

金がある時はあるように、ない時はないように暮す。

「水は方円の器《うつわ》に随《したが》う、そのように生きたいものである」

とうそぶけば、一人の男友達がこういった。

「君は女だから、平気でそんなことがいえるんだなあ。女はいい」

そういう嗟《さ》歎《たん》を聞いて、改めて私は「なるほどねえ」と頷《うなず》いた。

女だからそんなことがいえる、ということは、男だからいえない、ということである。

男だからいえない、ということは、男には「妻子を養わねばならない」という歴史的責任感というものが、ほとんど本能のような形で、ずしりと肩にかかっているということである。

「こんな会社（仕事）やめてやる！」

『娘と私と娘のムスメ』

男性の人生の中には、何度かそう思う時があるであろう。妥協はもういやだ、気ままに自由に暮したい！

まさにそう決意せんとする時、突如、眼前に浮かぶは妻の顔。非難と怒りに満ちた（あるいは不安、悲歎におののく）その顔は、一瞬にして彼の想念を吹き飛ばす。忽《たちま》ち彼は我に返り、妻のため子のため、耐え難きを耐えて生きようと思い直すのである。

女に生まれてよかった、と私は思う。男ってたいへんだなあ、と同情する。自由というものは男だけにあって、女にはないものと今まで思っていたが、この頃《ごろ》は、どうやら女にあって男にはないものかもしれないと思いはじめた。

今、私に愛する夫がいれば、イヤなものはイヤといい、貧しくても自由に暮す暮しかたを容認するであろう。女が強くなるということはそういうことではないか。しかし、残念なことには、そのように寛大になった時には夫はいないのである。

『楽天道』

❖女の正しさが招く不幸

元来、我々女性は、男に比べて正義が好きである。あれは正しい、正しくない、という批判が好きで、常に自分の正当性を掲げていなければ力が出ないというようなところがあって、ほとんど本能的に客観性を捨てて自分を正しいと思い込む。その思い込みの力によって男に肉薄し、男と女の喧嘩では相手を窮地に陥《おとしい》れ、追い詰められた男は苦しまぎれについ暴力を振るったりして、またそれが女の正当性を強める損な結果を招いたりしているのが常である。

『女の学校』

❖妻は死んでから夫に仕返しする

「わしも時々老人会に顔を出すが、ばあさん連中はみんな生き生きしてるんだ。実際、みんな年よりも若いしね。連れ合いに死なれたら女はみんな若くなるんだよ。ところが連れ合いを失った男はみな老け込んでいる。そういうのを見てると、わしは思うんだよ。わしらは今、女に仕返しをされているのかもしれないってね。わしも家内が元気な頃はずいぶん好き勝手をしたからなあ。それを思い知らせるために女房の奴、先に死んだんじゃないかと思うくらいでね」

良平はやけくそのように乾いた笑い声を上げた。

『凪の光景（下）』

男女平等は難しい

数日前、テレビにこんな人生相談が出ていた。相談者は月収四十万円もある美しい人妻である。彼女の夫は、妻が自分よりも多額の収入があること、彼女が何かというとそれをハナにかける態度をとることを耐え難く思って、家出をしてしまったのである。

その家出のきっかけとなった出来ごとというのは、彼は奥さんに時々、金の融通を頼

むが、その朝、奥さんがつっけんどんに、

「お金いるの？　いくら？」

といった。そのえらそうないい方がカンにさわったのが直接原因であるという。

「いくら？」といったいい方が、本当にハナにかけたえらそうないい方であったのか。それとも、その夫のヒガミ根性が、それを「でかい態度」ととったのか。その解明は困難である。

「この夫は小心すぎる。もっと大きくなれ」という意見もあるだろうし、「女はあくまで女らしく、夫の気持を察して夫を立てるようにするべきだった」という意見ももっともであろう。（中略）

古来、日本の男性は女を守り養うべきものであるという観念、男は女の上に立たねばならぬという意識のもとに耐え難きを耐えて奮闘して来た。その奮闘と引きかえに女を服従させ、男はエライモノという満足を得たのである。そのオトコ意識が（かつては女を圧迫して来たそれが）今や男性みずからを苦しめるものになって来た。「男たるものが」と思っているものだから、「お金いるの？　いくら？」といった妻のいい方がいちいち気に障るのである。

現代に生きる男性の悲劇は、そのオトコ意識と現実とが伴いにくい点にある。オトコ意識を高く掲げるには、いかにせんその実力が少し足りない。いや、昔だって足りなかったのだろうが、昔は女の方に何の力もなかったから、その足りない力でも、女から尊敬と感謝を捧げてもらえたのだ。

しかし今や女は実力者となった。

「パパの稼ぎが悪いから、わたし、働くわ」

と簡単にいわれるようになった。老舗《しにせ》ののれんのもとに、アグラをかいてはいられなくなった菓子屋のようなものだ。

今までは女の修業時代だった。しかしどうやら男の修業時代が到来した模様である。

女が自分より収入が多くても、ひがんだり、拗《す》ねたりせず、悠々泰然《ゆうゆうたいぜん》、おおらかに、

「うちの女房は俺《おれ》の三倍も収入があってね」

と人にいい、女房の気の強さ、威張り癖も「よしよし」とおおらかに許し、

「すまんが、金がいるんだけどね」

「またお金！　いくら！」

女房が柳眉《りゅうび》逆立て、吐き出すようにいっても平然と、

「十万円……いや、都合ついたら二十万」

などといえる男、それくらいの腹の太さと自信を養うよう修業しなければならないであろう。そのとき声あり、

「そういう男がここにいる」

「何者ぞ」

と問えば答えて曰《いわ》く。

「ヒモ」

まことに男の生き方は難しいものである。


『女の学校』

第四章　子供とは

✥孫は祖母の背中を見て育つ

母一人子一人、私という親の背中を見て育った娘は、この背中はろくでもないことを教える背中であることを身に染みて知ったらしい。ものごとすべて、この背中の逆に逆にと進めば人生無事という信念を持ったもののようである。そして今はこの背中が放つ毒気からいかに我が子を守ろうかと腐心しているらしい。

私がテレビを見ていると、孫がやって来ていつものように絵を描きながら時々、私の顔を盗み見ていう。

「おばあちゃん、また何かゴチャゴチャいおうと思ってるんでしょう……?」

ハハーン、これは娘の入智恵だな、と私は思う。おばあちゃんはゴチャゴチャいうのが趣味なんだから、本気で聞いてはいけないよ、とでも教えているのだろう。

だがそれにもかかわらず孫はテレビを見ながら、(私のように)一人でしゃべっているらしい。

「そんなことで泣いてどうする!」とか、

「それがどうした」とか、

「警察はなにをやっとる!」

などなど。

「なにをやってる、じゃなくて『やっとる』なのよ」

と娘は歎息した。仕方なく、

「わははは」

と私は笑う。くり返しになるが、笑っているよりしようがないのである。まったく。

『そして、こうなった』

子供のしつけ

「その母親ったらね。子供に向ってこういうのよ。『そんなにしてたら、またあのおばあちゃまに叱られますよ』って。あのおばあちゃまに叱られますよ、ってことはないでしょう。なんで子供をたしなめるのにひとのせいにするのよ！　人に迷惑をかけるのはよくないことであるから、静かにしなさい、と母親自身の意見として、いうべきでしょう？　それがしつけというものじゃないの！　だから、わたし、そういってやったのよ……」

気弱の友達は目を丸くして声なし。私は、

「よくいった」

とにっこり。強気の友達は、

「年よりが弱気になって引っ込んでいるから、非常識がのさばるのよ！」

と軒昂《けんこう》たるものだった。

『死ぬための生き方』

「おばあちゃんが甘やかすから教育が出来ない」

といって嘆く人がいる。ではおばあちゃんがいなければ、子供はどれだけ優れた子供になったかというと、それは甚だ疑問だと私は思う。母親はただ、叱りたい時に思う存分叱ることが出来た、ということで、しつけが充分行なわれたと自分ひとり満足を感じているだけではないだろうか。〝自分の思った通りにしつける〟ことが優れた子供を作るとは限らないのである。

『老い力』

親というものは自分のことを棚に上げて子供を叱ることがあるが、それはやむをえないことだと私は思っている。ただその時に、〝自分のことを棚に上げている〟ということだけはちゃんと意識していることが必要なのである。

『愛子のおんな大学』

❖人間関係が希薄になったワケ

この頃は「人のキモチを思いなさい。思わなければ」と何かにつけて金科玉条《きんかぎょくじょう》のようにいうのがはやりのようだ。教育の一環としておとなが子供に教えるのならわかるが、子供同士でもいい合ってそして悪口の種にしている。子供は親に向ってもいっている。「親が子供のキモチを思わないから、ボクはこうなった」先生にも「もっと生徒のキモチを思うべきだ！」とえらそうにいっている。

虐《いじ》めを防止しようとしてだろうか、学校では「人のキモチ」教育に熱を入れ、人のキモチを思わなければ相手の心を傷つけます。喧嘩や乱暴で身体を傷つけることも悪いが、心を傷つけることの方がもっと悪い。喧嘩で受けた身体の傷は治るが、心の傷は容易に治りません、といい、トラウマなる言葉がはやる。しかし親友というものは「いいたいことをいい合える」から成立するもので、相手のキモチを忖度《そんたく》ばかりしていては友情は深まらない。その一方で「この節は人間関係が希薄になった」と心配している。しかし人間関係が希薄になったのは、「人のキモチ」を思いすぎて、なるべくしてなったのではないか。私はそういいたい。

『これでおしまい』

❖子供らしい子供が減ったのはなぜか

どうしてこの頃は子供らしい悪態がなくなったのだろう？

子供が子供らしくなくなった。天衣無縫な喧嘩がなくなった。暴力と子供の喧嘩は別モノなのである。しかし今は「暴力否定」にひと括りされて子供を萎縮《いしゅく》させている。

萎縮は一見「好い子」を造る。だが好い子（と親が思っている）が虐めっ子に雷同《らいどう》して、ウザイ、キモイと叫《さけ》んでいるかもしれないのだ。

「いい子ですよ。道で会うときちんと挨拶をするし……」

何か事件が起きた時、近所の人がメディアでそういっていることが多い。

「挨拶をする子」は「しない子」よりも一応、好い子かもしれない。しかし、きちんと挨拶をしている一方で、「ウザイ」「キモイ」と叫んでいることもあり得るのだ。「挨拶もしないイヤな子供」が却って虐めなどに雷同せず、彼にとっての自然さ、正義を貫いている場合があるかもしれない。

子供に子供の自然さ、子供らしさを取り戻させれば、陰湿な虐めや自殺はなくなる。私はそう思っている。大いに悪態をつき、喧嘩をし、そして仲直りをする――それが子供の自然だ。だが、現状ではそれを認める人はいない。それに加えて、

「お前の母ちゃんデベソ！」

なんて暢気《のんき》にからかっていると、車に撥《は》ねられかねないのである。

現代文明を生きるために、子供は否応なく子供らしさを捨てさせられている。それを嘆く人は少くない。しかし、考えてみるとこれは我々おとなが目ざした文明であり、それで我々は幸福になると信じたのだった。嗚呼！

『老兵の進軍ラッパ』

昔の「子供の世界」は、おとなの無理解によって成り立っていた部分が少なくなかったような気がする。

おとなは子供にとって手も届かず、歯も立たない権力者であり、時としては子供の敵でさえあった。それで子供はおとなを困らせることを考えたり、からかったり、わるさ

をしては逃げた。子供の中にはそれを生き甲斐としていた子供もいるくらいで、おとなはおとなでそんな子供らを目のカタキにして追いまわして叱った。それを趣味としているようなじいさんもいたのである。

その頃はおとなと子供の世界は分けられており、子供は子供の世界で、おとなの世界からの圧迫によって鍛えられたのではなかったか。

今はおとなも子供も同じひとつの世界で和気あいあいと暮している。おとなは子供をより深く理解しようと努力し、子供はそれに安んじて小型のおとなになった。

しかし、刃むかう相手がいない和気あいあいが私には何となく面白くない。子供は退屈じゃないのかしら？　いたずらっ子を怒鳴れなくなった今のおじいさんも、また退屈だろうなあ。

『楽天道』

「今の子供は泣いてゴネる必要がないのよ、母親が何でもいうことをきくから。ほしいといえば買ってやるから。したいといえばさせてやるから」

だから子供はみんな「いい子」なのだという。

『死ぬための生き方』

本当の教育

かつての皇室のご教育は、それは厳しいものであったと伺っている。皇室はこの国の中心であり、皇族は国民の崇敬《すうけい》を受けるお立場であるから、それゆえに課されるさまざまな掣肘《せいちゅう》があるだろうことは私などにも十分窺えることだ。(中略)

紀宮さまが初等科六年の時、同級生から無視され仲間外れにされるというような目に遭われた。その時両陛下は「これは清子が自分で解決するのが当然ですから私たちは見守っています」と仰せられた。紀宮さまはじっと耐えて自力で乗り越えられたということだが、それを報じたサンデー毎日は、「そうした体験が人間の発達につながるというお考えからのことであろう」という意味の記述を加えている。全くその通りである。こういう厳しさが今、平和日本の教育から失われてしまったことを私は不思議にも残念にも思う。

『お徳用　愛子の詰め合わせ』

親の生きざまから子供は学ぶ

私は思うのだが、子供が親から得るものは、必ずしも立派な言葉や模範的な行いからとは限らない。その教えがあまりに立派すぎて、愚かな子供の頭を通り抜けて行くだけ、という場合もある。反対に私の父のようなムチャクチャな奮闘が、ムチャクチャな分だけいっそう強まった力で何十年か後に娘の苦闘を励ますこともあるのだ。

狂気の愚行といわれた父は、その苦境を打開し乗り越えることによって愚行を正当化した。乗り越えなかったなら、愚行は愚行のまま終ったであろう。そんなことも私はそこから学んだ。私の無鉄砲さ、突進力、生きることへの情熱はまぎれもなく父から得たものである。言葉ではなく、訓《おし》えではなく、父はその生きざまを隠さぬことによって私に言葉以上のものを教えてくれた。

私は私の娘に、自分にとって何が幸福であり、何が不幸かということを十分に考える人間になってほしいと思っている。私は二度、結婚に失敗し、波瀾と苦闘の半生を生きて来たが、しかし自分を不幸な人間だと思ったことはなかったということも娘に伝えたいと思っている。

『枯れ木の枝ぶり』

教育というものは、個々マチマチのものでなければならぬ。私はそう思う。教育書というものが無意味で、かつ有害でさえあるのは、子供というものを一律なものとして見たところから出発するためだと私は思うのだがどんなものであろう。

ある日子供がテレビを見ていて、「ママの歌があるよ」といった。どんな歌かというと、青春スポーツ根性ものの主題歌で、

「泣いたりしない、泣いたり泣いたりしない
たとえどんなにどんなに辛くても
プールにかけた青春だから……」

私はそれを聞いて悲喜こもごもという心持になった。私が私なりに毎日の生き方の中で子供に示したもの、それはいつのまにか子供に届いていたのだ。この後、子供に苦難が訪れたとき、子供は私の生き方を思い出して力をふるい立たせてくれるだろう。その時に私ははじめて〝教育の実を上げた〟といえるのである。

『愛子のおんな大学』

子供にとって大切なこと

要するに、私のいいたいことは、点数がいいことと、人間がいいことはカンケイない、ということで、私は点数がいいことよりも、人間が正直であったり、ノンビリしていたり、面白い人であったりする方が好きだということなのである。そしてまた、点数がいいということと、その人の人生の幸福を築く力とはたいしてカンケイないとも思っている。

『娘と私の時間』

私の理想の男の子

シンちゃんは私の理想の男の子なのである。昔懐かしい子供だ。コドモコドモしたマコトの子供だ。私は娘にそういった。娘はなるほどね、ママの気に入りそうな子だわ、といって、以来シンちゃんの動静を報告してくれる。

「シンちゃんは今朝、幼稚園の入口でお母さんにほっぺた叩かれてたわ。何をしたんだか知らないけど、いきなりパンパンって音がしたから見たら、シンちゃんがビンタくらってたのよ」

「シンちゃんはどうした？」

「泣かないのよ。平気で面倒くさそうに『ゴメン！』っていってるの。多分、馴れてるんだわ」

ますます気に入った。シンちゃんのお母さんも気に入った。母親たるもの、子たるもの、こうでなければいけない。こうして幼時より鍛えに鍛えられてこそものに動じぬ強

『だからこうなるの』

い人間が出来るのだ。

正直すぎる人間の作り方

ある時、私は便所の落し紙を摑《つか》めるだけ摑んで、溜壺めがけて投げ落す面白さに捉われた。毎日、バサッバサッと投げ込んでいるうちに、母が気がついた。落し紙がどんどん減るのは誰のしわざかといい出した。誰も幼な子の私がしているとは思わないので、おかしいふしぎだ、といい合っている。そこで私はいった。

「アイちゃんがした……」

「えっ！」

みんなは驚き、母が怒り顔を私に向けた時、父の朗らかな大声がいった。

「なんて正直な子だろう！　賢い上に正直だ。この子はきっと偉くなるよ！」

後に私は「正直だけがトリエ。人を人とも思わずいいたいことをいう奴」といわれる女になったが、あまりに父から賢い可愛いといわれたことが多分いけなかったのだと思う。

『淑女失格［私の履歴書］』

◆親子の断絶は子供のせいじゃない

親が子供を叱る、その叱り方に色々あるように、叱る理由も千差万別である。子供が小鳥を死なせた時は叱らないが、勉強しなければ叱る、という親もいるだろうし、友達を殴った時は叱らないが、殴られた時は叱るという親、またその反対の親もいる。そうしてそれによって子供は親がそれぞれに「こういう人間にしたい」と考えている人間に近づいて行くのである。

その叱り方が、この頃は一律になって来た。「こんな時には叱ってもいいんでしょうか？」と他人に相談して、承認されてからでないと叱れないという母親がいる。皆が叱れば安心して叱る。自分ひとりでは叱れない。そうして、断絶断絶とさわいでいる。断絶は自分が作ったものなのに、子供の方で作っていると思って悲観しているのである。

『女の学校』

◆イジメの効果的な解決法

イジメ問題が起きると、なぜそうなったのかをおとなはまず考える。なぜ、なぜ、と考えているうちに、虐められる方もそれなりの原因を持っているということになったりする。しかしそれがわかったとしても、イジメの解決にはならないのである。

「強い奴が弱い者を虐めるなんて、卑怯者のすることだ！　恥を知れ、バカモン！」

力いっぱい罵倒した方が、ああのこうのと分析批評をしているよりもずっと話が早いのではないか。

『わが孫育て』

❖理屈で子供の良心は育たない

今の子供には不平不満はあるが怖いものは何もない。神さまは結婚式の儀式用、受験の気休めでしかなくなった。神は「恐《おそ》れ畏《かしこ》む」ものではなく、勝手なときだけ思い出す田舎の伯父さんみたいに考えられている。

宗教というようなたいそうなものでなくてもいい。人には「恐れ畏む」存在があった方がいい。恐れ畏むものを持たない、目に見えぬ存在を信じる心を失った親に育てられた子供は良心が育たぬまま、怖いものなしに成長していく（良心は今や死語になってしまった）。

『老残のたしなみ　日々是上機嫌』

「『なぜ人を殺してはいけないの？』と子供が訊いてきた時、あなたはどう答えますか？」

ある女性週刊誌からこんなことを訊《たず》ねられた。

この問題について、前から何度かしゃべったり書いたりした覚えがあるんだけど、確かNHKテレビで中学生だか高校生だかがそういう質問をしたことが話題になった時のことです。そのテレビを私は見てないんだけれど、聞いたところでは同席していたコメンテーターなる人たちは、誰も納得のいく答を出せなかったといいます。

当然なのよ、答が出来ないのは。

どうしてって、これは言葉で——理窟で、道徳で教示することじゃない、感性の問題なんだから。

あなたは子供の頃、親や先生から「人を殺してはいけません」と教えられましたか？「嘘をついてはいけない」「人の物を盗んではいけない」なんてことはいわれたけど、「人を殺してはいけない」なんて、そんなことはいうまでもないことだもの。わざわざいう人がいたら、変った人だといわれたでしょうね。

飼っている犬が死んだら、たいてい子供は泣くでしょう。泣かないまでも、何らかの心の動きが起るでしょう。飼い犬じゃなくても野良犬でも、死骸が転がっていたら、思わず目をそむけるでしょう。

「犬が死んでる――」

そういってさっさと向うへ行ってしまう子供がいたとしたら、ヘンな子、情がない子、こわい子、先が思いやられる、ということになったでしょう。

自分を可愛がってくれたおじいさんが死んだとする。もうおじいさんはいないんだと思って泣く子もいれば、変り果てたおじいさんを怖いと感じて逃げる子供もいる。そうして死というものの、無惨《むざん》な力を知るのです。死は無惨で強力で、時には醜悪《しゅうあく》、むごたらしいものにしてしまう。そんな死を忌む感性は人間だけが持っているものであって、けものにはない。そこが人間とけものとの違い、人間の人間たるゆえんでしょう。人の死に対してなにも感じない、いつものように元気でいるということは、人間としての心を持っていない証拠です。だから、「なぜ人を殺してはいけないのですか」という質問に対して答えられないのは当然なんです。人間としての感性のない者に、感性を説いても仕方がない。

「なぜもヘッタクレもない！　いけないといったらいけないんだ！　バカタレ！」とい

うほかない。

『日本人の一大事』

劣等感は必要な「毒」

劣等感のもとを排除することよりも、劣等感と戦いうち克《か》つことの大事さをなぜ考えないのだろう。なぜそれを教えないのだろう。人間、生きている限り、何らかの形で劣等感はやってくる。劣等感は人が成長する過程に必要な「毒」あるいは「病気」である。子供の幼い身体はハシカや百日咳《ひやくにちぜき》を乗り越えることによって成長し、強くなっていくのだというが、劣等感は心のハシカや百日咳であろう。

『何がおかしい』

❖我慢が出来ない子供の将来は……

日本人は今は好き放題、贅沢《ぜいたく》しているけれど、今にどんな時代がくるか。やがては食糧危機がくることは目に見えている。その時に困るのは贅沢に育った者たちだ。どんな時代が来ても、どんな境遇になっても、歎《なげ》かず騒がず順応出来る人間に育てておくのが親の責任ではないか。

子供が欲しいといっても簡単に与えず、我慢させる。我慢の力があるかないかで、その者の人生は決まるのだ……。

『不敵雑記 たしなみなし』

今の若者はすぐにキレるという。思い通りにならないと、我慢が出来なくなるのだろう。

「わかる、わかる、わかるけれど……」というヘッピリ腰の教育、今ふうにいうと「思いやり教育」がすぐにキレる若者を作ったのだ。

『わが孫育て』

◆「のびのび」出来ない子供たち

子供の育て方を語る時、この頃は何かといえば「のびのび」という言葉が使われている。だが「のびのび」とは具体的にいうとどういうことなんだろう？　私は考えてしまう。確かに「のびのび」は理想であるけれど、大半の小学生が塾通いをして夜の十時すぎに家路につくという実態の中で、どうして「のびのび」なんか出来るでしょう、といった人がいて、「なるほど」と思う。

子供の遊び場として今は公園が与えられた。公園は「のびのび」するために作られたのだろうが、例えばこういうきまりがある。バットを振ってはいけない、ボールを蹴ってはいけない。花火をしてはいけない、犬を連れて来てはいけない。ボール遊びをしたい者はフェンスの囲いの中でしなさい等々。それを守ることによって公衆道徳が身につく――という意図かもしれないが、少くとも「のびのび」出来ないことだけは確かである。

『わが孫育て』

人間を理解する力

家庭というものは単純であるより、色々な眼、色々な意見がある方がいい。母親は寒い日でも薄着をさせて身心を鍛えようと考える。すると年寄りがいう。

「こんなに雪が降っているのに寒くないかい？　シャツをもう一枚着た方がいいよ」

すると母親は内心面白くない。自分の教育を邪魔されたと思って年寄りなどいない方がいいと呟《つぶや》く。

しかし子供の心には、その寒い朝のおばあさんの心配は必ず沈み積っていくであろう。それはあるいはくだらない、よけいな心配であるかもしれないが、その心配のもとである「おばあさんの愛情」は子供の心に懐かしい沈澱《ちんでん》を残すのである。（中略）

私はこれからの若い人にとって必要なものは、この沈澱物ではないかと考える。ごたごたと入り組んだ雑多な現実を経験することから、人は人間というものを理解する力を身につけていくのだ。

『老い力』

第五章　あの世とは

◆死は無になることではない

およそ五年前、私は『私の遺言』（新潮文庫）という題のメッセージを書いた。私は五十二歳から二十年にわたって、いわゆる超常現象[*1]と呼ばれている現象を経験し、それによって得たことをこの世への私の遺言として遺《のこ》したい、遺さねば、という気持だったのだ。

その経験で私が知ったことは、

一、死は無になることではない。
二、死後の世界はある。肉体は灰になっても人間の魂はありつづける。
三、あの世とこの世の間には、あの世へ行ききれない未浄化の魂がうろうろしている。
（仏教でいう「成仏出来ない」ということ）
四、この世での怨《うら》みつらみ、執着、未練などの情念や欲望を持ったまま死ぬと成仏できない。

五、こういう浮遊霊、悪霊は、同じ波動を持つ人に憑依《ひょうい》し、その人の人格は損なわれる。

極めて大ざっぱにいうと、ざっとそういうことを二十年の辛酸によって私は学習したのである。

そうして改めて思ったことは、これはうかうか生きてはいられないぞ、ということだった。さんざんこの世で苦しい思いをして、やっと（というのもヘンだが）死んだと思ったら、へたをするとあの世へは入れずにこの世（三次元世界）とあの世（四次元世界）の間でうろうろさまよわなければならない。そうしてさまよっていると相性のいい（?）低い波動の持主がやってくる。シメタと思うかどうかはわからないが、波動が合うので引き寄せられるようにとり憑《つ》いてしまう。とり憑かれた人は人格が変ってしまうので、まわりが驚いて霊能者に祓《はら》ってもらう。祓われた霊は仕方なく離れるが、離れて

＊1――（編集部注）著者が経験した「超常現象」については『私の遺言』に詳しく書いてあります。

くれても、その人（憑かれていた人）の波動が低いままだと、また戻ってくる。すると、「あの霊能者は金ばっかり取って、何の役にも立たなかった」といって怒ることが多い。しかし怒るのは間違っている。その人が波動を上げようと努力しないでいるのが悪いのである。

未浄化霊や悪霊が憑依するのは、その人の波動が低いことが原因である。低い波動は同じ低さの波動と惹き合う。高い波動の持主に未浄化霊は憑依しない。波動が合わないので、憑依出来ないのだ。

『老兵の進軍ラッパ』

❖波動とは

愛子　結局、私の体験の末に辿《たど》り着いたことは、どう生きるか――つまり波動を上げなきゃいけないというのが結論なんですよ。

ピーコ　波動というのは……。

愛子　波動って私は単純に「精神性」という言葉をあてはめて考えていたんだけど、中川昌蔵《なかがわしようぞう》さん＊2によると「意志と情報と振動数を持ったエネルギー」だというのね。で、エネルギーの振動が非常に高いものが、心、霊魂、神仏のエネルギーだと推論しているの。人間は肉体の波動、精神の波動、魂の波動の三つを持っていて、肉体の波動は健康に関係があって、精神の波動は知性、理性、人格をつくる。憎しみや不平不満や心配は魂の波動を減じさせるんですって。

ピーコ　それはそうよね。

愛子　死後の世界はだいたい幽現界、幽界、霊界、神界に分かれていると言ったけど、人間が死ぬと魂はその人の波動と同じ波動のところへ自動的に移動するんですよ。波動が低いと幽現界の下層や地獄（暗黒界）に落ちてしまうから、生きているうちに波動を

＊2――（編集部注）一九一四年大阪市生まれ。旧制中学卒業後、二十歳で単身中国に渡り、天津と北京で電気機器の販売会社を設立するが、敗戦で全財産を没収される。一九四六年から大阪・日本橋で家電量販店を経営。一九七九年の大証二部上場を機に代表取締役を辞す。以来精神世界、霊性世界に没入、講演活動を行っていた。著書に『不運より脱出する運命の法則』（文芸社）がある。

上げておかなくちゃいけないのよ。

ピーコ　それは世俗的な成功とか名誉とか富とかとは関係ないのよね。

『愛子とピーコの「あの世とこの世」』

❖感謝の気持をどれだけ持てるか

私が師事した中川昌蔵師は著書（『不運より脱出する運命の法則』）の中で「幸福になるためのソフト」という五箇条を記されている。

「今日一日、親切にしようと想う。
今日一日、明るく朗らかにしようと想う。
今日一日、謙虚にしようと想う。
今日一日、素直になろうと想う。
今日一日、感謝をしようと想う。

これを紙に書き、いつも見える場所（トイレが最適）に貼って毎日見ること」

とある。多くの人はこれを読んで、何だ、他愛ない、と思うだろう。実は私も初めはそう思った。しかし、次の文章、

「但し、この五箇条を実行してはダメです。

意識して実行すると失敗します」

この件《くだり》を読んで、「なるほど」と強く納得した。

人間の大脳は右脳と左脳に分けられていて、左脳は物質の世界、右脳は精神の世界に対応する能力がある。現代人の右脳はよく働かなくなっていて、左脳人間ばかり増えている。それは物質世界の価値観で育ち、理論や権利意識ばかり肥大する教育を受けてきた結果である。だから右脳（精神の世界に対応する能力）に先の五箇条をインプットすることが必要なので、それによって波動は高まるのだという。

無理に「立派な人」になる必要はない。立派な人になろうとしてはいけない。意識して行為せず、ただ「想う」だけでいい。想うことがいつか身についていること、それが

大事なのだ。

「波動を高めることは、そう難しいことではありません。学問も知識も必要ありません。ただありがとうという感謝の気持を持てばいいのです。感謝することで魂の波動は上ります。実に簡単なことです」

と中川師は朗らかにいわれた。

『老兵の進軍ラッパ』

目に見えない存在を信じられるか

もしかしたら縄文《じようもん》時代の人々はすべて霊感の持主ではなかったかと私は思う。その時代の人たちには今の人間には見えないものが見え、聞えないものが聞えていたのではなかったか。知識は（文明の進歩は）人間の肉体を退化させた。脚力、腕力、視力、聴力、臭覚、咀嚼力《そしやくりよく》、すべて退化し、脳ミソだけが知識を詰めこんで進化し、科学信仰の時代を作った。神は目に見えないから信じないのである（だが私は目に見えない存在であるからこそ神を信じる）。

しかし現代に生を享《う》けた者の中にも、一部退化しそこなった能力を持っている人がいる。見えないものが見えたり、聞えないものが聞えたり、見えない存在からのメッセージを受けたりする能力の持主である。そういう人たちが存在することは少しも不思議ではないのだが、その能力を金を稼ぐもとにする人、霊能あるふりをする人などが増えてきたこともあって、霊能というものをアタマからインチキあつかいするのがインテリのしるし、と思いこむ人が少くない。ミソもクソも「いっしょくた」に論じるのは現代の風潮であるから、反論するのに骨が折れる。

『老残のたしなみ　日々是上機嫌』

浮遊霊のいろいろ

人はなぜ幽霊を怖れるかというと、それは日常生活の中で見馴れぬもの、というより、存在しないものだと思い決めているからであろう。いないと思っているやつが、前ぶれもなくぼーっと立っているものだから、びっくり仰天して逃げたくなるのだ。霊能者は霊の姿を見馴れているものだから、少しも驚かない。従って怖くもない。ラップ音は未浄化霊がその存在を知ってもらおうとして立てる物音だということがわかれば、（うるさくて困るけれども）怖いとは思わなくなるのである。

向うさん（霊魂の方）にしてみれば、威嚇《いかく》するつもりも怖がらせてやろうとも思っていない。

——浄化出来ないのでここにいるんです。

と訴えているだけなのに、勝手に仰天して腰を抜かしたり、興奮して塩を撒いたりされたのでは、ただただ哀しいばかりであろう。

彼らは好んでうろうろしているわけではない。行くべき所、つまり冥途へ行かずにこの現界をうろうろしているにはそれなりのわけがある。例えば幼な児を残して死ななければならなかった母親は、子供への気がかりのために冥途への旅に出られない。またひそかに蓄えていたへソクリのことが気になって成仏出来ないというようなこともあったという。この世への未練、執着、野心、欲望、心配、気がかりなど、何らかの情念、意識に縛られていると魂はこの世に残る。

――あの、ヘソクリ、誰が見つけるだろう。ヨメが見つけたとしたらきっと誰にもいわずにこっそり独り占めするだろう、チクショウめ！

という、ただそれだけの思いのために行く所へ行けず、浮遊する場合があるという。

――ヘソクリのこと、誰にもいわなかったけれど、誰でもいい、『有難いねえ、おばあちゃんが何かの時に使うようにと、残しておいてくれたんだねえ……』と喜んで、大事に使ってくれればそれでいい……。

そう思うことの出来る人は、何にも縛られず捉われず、素直にあの世へ行ける。

たかがヘソクリで？　と思われるかもしれないが、その「たかが」と思うような些事《さじ》に縛られる魂はそもそもが低い波動の魂なのである。

――魂の波動を高めること。

それが三十年かかって漸く私にわかったことである。

『冥途のお客』

❖死んだら自力では成仏できない

愛子　生きている間は肉体があるから、いろんなことを克服したり、我慢したり、いろいろできるわけですよ。死んだら魂だけになるから、克服も何もできなくて、永遠に引きずることになっちゃう。人の力を借りなければ成仏できなくなるのはそのせいなんですよ。

ピーコ　その「人」っていうのが霊能者だったり、お坊さんだったりするわけね。

愛子　それから、子孫が毎日拝むとか。とにかく魂になってしまったら、肉体を持っている人が何かやらなきゃどうすることもできないらしいってことがわかったの。

『愛子とピーコの「あの世とこの世」』

❖「死に際」ではなく「死後」が大事

煩悩があるから若々しくいられるのだ、欲望を失ってはダメです、とこの頃はいう。いつまでも若々しくいようとすれば、それを可能にする手だてはいくらもある。現代人が考えるのは「死後」の平安ではなく、「死ぬ時」の平安だ。人に迷惑をかけずに、苦しまずに死にたいということをみな考えている。

しかし大事なことは「死に際」ではなく、「死後」なのだ。肉体がある限りこの世の不如意や不満・不幸は自分の努力で克服することが出来る。人の教えに頼ったり、助けを得たり出来る。しかし肉体がなくなったあの世では考えることも意志をふるうことも出来ない。自分の引きずっているものをどうすることも出来ず、永久に引きずりつづけていかなければならないとしたら……。

この世にいる間にせめて、怨みつらみや執着や欲望を浄化しておかなければ、と私は思っている。

『老い力』

❖ 死後の世界はあるのか

臨死体験について語る人がいて、そこは花咲き乱れる実に美しい道だったという。その道を歩いて行くと、向うに以前死んだ身内の者が立っていて、まだこっちへ来るな、戻れ戻れといわれ、踵《きびす》を返したら生き返った――。

そんな話を聞いて、死後の世界は楽しくて平和でほんとうにいい所らしいわね、これで死ぬのが怖くなくなった、と喜んでいる人がいたが、しかし、本当の死の世界はその人が引き返した地点の向う側にあるのだ。そこまでの道中が美しくて気持いい所だったからといってその向う側も美しく爽やかな所であるという保証はないのである。

「死後」は特定の人にだけあるものではない。あなたも私も、すべての人に死後があるのだ。

そして成仏出来ずにさまよう可能性も、又、特定の人だけのものではなく、あなたにも私にもあるのだ。

❖なぜ人生には苦労が多いのか

この世に生きるということは当然肉体を持つということで、肉体を持てば欲望や感情を持つことになる。それに引き摺《ず》られ、この世の現実の中で苦しんだり喜んだり憎んだり、欲望に負けたりうち克《か》ったり、考えたり迷ったりしつつ切磋琢磨して波動を高め、魂を浄化するのがこの世を生きることの意味目的であるという。そういう仕組みの中に人はいるのだ。

いやだといっても、信じないといってもそういうことになっているのである。だから人生は苦しみに満ちていてそれでよいのであるらしい。欲望を持つ肉体と大脳は魂の学習のために必要なのだ。「魂は霊性の進化をつづける旅人だ」といわれる所以《ゆえん》である。

『死ぬための生き方』

『私の遺言』

人は死んだら無になるのではない。死後の世界はあると私は信じている。大切なことは死後の世界の平安であって、現世は辛く苦しくてもしようがないと思っている。我々は楽しむためにこの世にいるのではなく、修行のためにいるのだという考え方が、この頃の私には気に入っている。苦労多い人生を生きた者には、そう考えた方が元気が出てよろしいのである。

『戦いやまず日は西に』

神に願いごとをしてはならない

いうまでもないことだが、神は見えない存在である。つまり精神的な存在だ。社の奥に坐っていて、一人一人の悩みや願いごとを聞いて、癒したり叶えたりする存在ではない。神はただ、「そこに存在している」だけだ。私はそう思っている。我々は肉体を持っているから、欲望や情念に左右される。だが神は精神世界の存在であるから、人間の欲望や情念に呼応するわけがないのである。だから神に現実世界の願いごと、病気を治すことや金儲けや入学や縁談を頼むのは間違っている。

神に頼みごとをしてはならない。したところでだからどうということはない。神に祈る時は、ただひとつ、感謝を捧げればそれでよい——それが私が辿りついた祈り方である。生かされていることの感謝。無私謙虚な感謝の念を送るのが「祈り」だと私は考えている。そんなふうに祈る時、その波動が神の波動と同調して、その人の波動が上るといわれている。波動が上れば現実世界の欲や情念に惑うことはなくなっていく。そして清浄な気のエネルギーが生れて、自然に現象として「よいこと」が起る。

『かくて老兵は消えてゆく』

◆宇宙の意志としての神

いつか私は宇宙の意志としての神の存在を信じていた。その神は咎《とが》めず、宥《ゆる》さず、憐《あわ》れみもせず、ただ冷厳な意志として絶対の力を持って私の上に存在しているものだった。

『こんなふうに死にたい』

◆死んでみなされ、そしたらわかる！

人間には霊媒体質とそうでない人といて、前者はその体質ゆえに霊的体験をするが、後者は何も体験しないので、前者のいうことを簡単に嗤《わら》うのである。自分が見えたり聞えたりしないからといって、見えたり聞えたりする人をうさん臭い奴と断定するのは傲慢というものではないか。しかし神への信仰よりも科学への信仰厚い人が大勢を占める日本の現状では仕方のないことだ、と経験者は嗤い者になることに甘んじている。霊の世界はあるのか、ないのか。人間は死後、無になるのか、死後の世界があるかないか。すべて論証出来なければ認めない科学信奉者の前では我々体験派は、

「死んでみなされ、そしたらわかる！」

と捨台詞《すてぜりふ》を投げるしかないのである。

前世は何だ？

　私は以前、偉大な霊能力の持主である美輪明宏《みわあきひろ》さんから「あなたの前世はアイヌの酋《しゅう》長《ちょう》の娘だった」といわれたことがある。アイヌ民族は騎馬民族ではないのに、なぜか前世の私は馬に跨《また》がっており、その左右に年老いた家来がいる。アイヌの酋長の娘である私は、唇のまわりに入れ墨をし、額に模様入りのハチマキを締め、凛然《りんぜん》と馬を進めている。彼女は戦いで酋長であった父を失い、女の身ながらも一族を統合せねばならぬという重責を負って、戦いに次ぐ戦いの日々を送っているのだという。

「へーえ、前世も今生も、いつも何だか負けイクサを戦っているというアンバイですね。これはホントかもしらん」

　と私は感心した。その後、また別の霊能者の人が私の写真を見て、やはり、

「あッ！　アイヌのお姫さま！」

　と叫んだということを聞いた。その霊能者の眼にも、私（？）の左右に四人の家来が

いたそうだ。たった四人というのは、やはりこれ、負けいくさの帰途なのでしょうか。

『娘と私のただ今のご意見』

ユニークな霊体質の友

十年ばかり前のことだ。私は新津市に住む年下の友人に誘われて、中山あい子さんと佐渡を半周したことがある。佐渡はもろもろの怨念《おんねん》が浮遊している島であるから、あなたのような体質の人は行かない方がいいといわれていたのを無視して行ったのである。

霊媒体質というのか、私は旅に出ると霊現象に悩まされたり、憑《つ》かれたりする厄介な特質がある。私の体験談を聞くとたいていの人は驚いたり怖がったり疑ったりするが、中山さんはいつも、

「そうか……困ったねえ、アハハ」

と面白がるだけで問題にしない人だった。

佐渡では案の定、いろいろな目に遭ったが、何とか凌《しの》いで二泊三日の旅を終えた。帰

って来た二日後、中山さんが遊びに来て旅の思い出話などに興じたのだが、話をしているうちに私はいうにいえない疲労と倦怠感《けんたいかん》に襲われて、しゃべるのも笑うのも坐っているのも辛くなってきた。

翌日になってもその重苦しさは消えない。長年の経験で霊に憑かれたことがわかった。美輪明宏さんに電話をして一部始終を話すと美輪さんは、

「その霊は男性ね。はじめは中山さんに憑いたのよ。でも中山さんがいつまでも気がつかないでノホホンとしてるものだから、業《ごう》を煮やして佐藤さんの方へ移ったのよ。中山さんは暢気《のんき》だからねえ」

早速中山さんにそのことをいうと、彼女は笑って、

「そうか……そりゃ悪いことしたねえ」

と答えただけだった。中山さんは私よりも強い霊媒体質だったのだ。彼女はそれを知っていたらしい。知っているのだが、べつに特別のこととは思わず、慌てず騒がず、来る者は来させ、行く者は悠然と見送るだけなのであった。

『不敵雑記　たしなみなし』

まことに中山あい子は大人物なのである。女に大人物は少いが、彼女はその稀有《けう》な一人なのだ。彼女にとってはこの世の出来ごとはすべて、驚いたり悲しんだり怒ったり怖がったりするには及ばぬ些末事《さまつじ》なのであった。

六本木の交差点で、横断歩道を渡っていた時、真ん中へんで突然、足が前に出なくなった。まるで地面に足が糊《のり》づけされたように動かない。そのうち前方に見える信号が青から黄色になった。ぐずぐずしていると赤になる。さすがの中山あい子もあせったと思う。彼女はそうはいわなかったけれど)。

折りよくその時、一人娘のまりさんが一緒だった。まりさんは横断歩道の真ん中で動かなくなったおッ母さんに驚いた。どうしたの、何してるの、と問うたが、

「動かないんだよう、足が……」

というばかり。今に信号は赤になるだろうとまりさんは気が気でなく、わけのわからぬままに叱りつけた。

「なにやってんだよう！　死んじゃうよッ！」

必死で無理やり引っぱって、どうにか渡り終えた時は、横からくる車が迫っていたという。

それは地縛霊にやられたにちがいない、と私は思った。交通量の多い六本木の交差点では、今までに数え切れぬほどの事故が起っているにちがいない。そこで死んだ霊たちが集っていつか霊団となり、中山あい子を引き寄せようとした。歩けなくなるほどの強い力は、それが一人の霊ではなく、集団になっているから強いのであろう。

私はそう蘊蓄《うんちく》を傾けたが、彼女はただ、

「いやア、マイったよ、あん時は」

といっただけだった。

ユーレイにも怨みの霊、寂しい霊、無念の霊、執着の霊などいろいろあるように、霊体質にもいろいろあるらしい。私も中山あい子も霊体質だが、私の方は専《もっぱ》らいたずらをされる方で、彼女は頼られるタイプのようである。更に考えると私は野次馬根性の穿鑿《せんさく》好きなので、霊の方もあれやこれやと奇抜なことをやってみせては、びっくりして騒ぐのを見て喜んでいるのかもしれない。一方中山あい子の方は何をやってみせても一向に驚かないので、いたずら専門の霊は寄りつかず、自殺や事故で死んでさまよっている孤独な霊が慕い寄ってくるのであろう。

だが慕い寄ったからといって、それを憐れに思って線香の一本も手向《たむ》けるとか、南無妙法蓮華経、あるいは南無阿弥陀仏を唱えるとか、または私のように相手かまわずしゃべり散らして人々にそれを報《し》らせるということもしない。忘れた頃、きっかけもなくふと思い出し、

「あん時はマイったよォ」

の一言では霊も浮かばれまい。

『冥途のお客』

寂しがりやの霊もいる

三年目の命日、その日は秋雨の降りしきる日だったが、私は川上宗薫との共通の友人である池田敦子さんと二人で柿生の墓地へ宗薫の墓参りをした。

雨の中、傘をさしたまま雑草を抜き、枯葉をかき集めた後、苦労しながら線香に火をつけて墓前に進みながら、私は、

「川上さん、来たわよぅ」

と話しかけた。

そうしてしゃがんで手を合わせた途端に胸の底から、何の前ぶれもなく熱いものがこみ上げてきたと思うと、どっと涙が溢れ出た。涙はあとからあとから溢れてきて止らない。胸は波立ち、私は肩を慄《ふる》わせて泣いていた。どうしてこんなに泣けてくるのか、自分でも呆気にとられながら泣いていた。しかし悲しいという気持はなく、そうして泣いていることがとても気持いい。後ろにいる池田さんはさぞかしびっくりしているにちがいない。こんなに泣いては、へんに誤解されるかもしれない、と思いながら泣いている。

そのうちふと、涙は止った。少しずつ泣きやむ、というのではなく、水道の水を止めたようにハタと止ったのだ。

「どうしたのかしら。いきなり泣けてきていきなり止ったわ」

そういうと池田さんは、

「佐藤さんのところへ川上さんが来たのよ。懐かしくて喜んだのよ。寂しがりやだったから」

といった。私は霊媒体質であるから、多分そうだろうと思う。あんなに見事に死んで私を敬服させたのに、やっぱり、宗薫は寂しがりやが直っていないのか。しようがないねえ、と私は宗薫に向っていったのだった。

『死ぬための生き方』

❖霊には生前の性格が現れる？

川上宗薫さんが死んだ後、友人が集って夜半まで葬儀の相談をしていた時、突然、部屋の電気が消えた。この頃は停電など滅多にないので居合せた者は驚いて、

「あ……」

と声を上げ、どうしたんだろう？　という沈黙が落ちた。と、すぐに電気はパッとついた。ショートしたのかとほっとした時、また消えた。そしてそのまま つかない。たま

たま川上さんに信頼されて川上邸の電気工事一切を行ったという電気屋の須山さんが居合せていたので、彼はすぐ、二階へ上って行った。二階の天井裏に（私は専門知識がないからうまくいえないが）この邸の電気の総元締めのような箇所があり、それを検分に彼は上ったのである。だがどこをどう見ても停電の原因がわからない。どこも何ともない。考え込んでいる時、パッとついた。また消え、またついた。——さっぱりわからない。原因不明です、——と須山さんが浮かぬ顔で戻って来た。

「あれは何だったのか、どう考えてもわかりません」

その後も須山さんはその話になる度に首をひねる。

美輪明宏さんはその話を聞いて、

「宗薫さんってパワーがあったのねえ」

と感心した。つまり、電気を明滅させたのは宗薫さんの私たちへの「挨拶」だったと美輪さんはいうのだ。挨拶？　なるほどね、と私は思う。しかし川上さんのことだ。それは挨拶ではなく、びっくりさせてやれ、という悪戯心《いたずらごころ》だったのかもしれない。

『冥途のお客』

❖死んだら、どうなる？

ある時、ある通夜《つや》の席で一人の初老の女性が人は死んだらどうなるのかという質問を僧侶に向ってしていた。

「死んだらまず、幽界というところへ行きますな。この世を舞台と考えて、そこはいうなら楽屋ですな。死んだ人はその楽屋で次の出番を待っています。お前の出番やでェということになったら、その人は舞台――つまりこの世に生れてくる。そこで生きて、また死んだら楽屋で待っている。たいていはそのくり返しです。

しかしこの世で善行を積んで前世の罪を消滅した人は、幽界、つまり楽屋を通り抜けて奥へ行かしてもらえます。そこは霊界というて、そこへ行ったらもう安心。いつまでもうろうろさまようて、順番がくるのを待ってることはありません。ゆっくり休んでいられるんです。そしてその霊界のもひとつ奥座敷が神界ですがな、普通はなかなかそこまでは行けませんな。親鸞《しんらん》とか日蓮《にちれん》とか、そういう偉いお坊さんが行きなさるところですから」

初老の女性は暫《しばら》く考えていたが、やがて無邪気にいった。

「けど、この世にまた生れて来られるのなら、霊界に行くより、その方がええような気がしますけど」

僧はいった。

「あんたさんにはこの世は楽しいところですか？」

「そら面白いですわ。辛いこともあるけど、過ぎたら忘れてしまうし、日本はええ国になりましたしねえ」

「けど、今度は日本人に生れ変ってくるかどうかわかりませんよ。バングラディシュあたりかも」

「いや、それ困るわ。それイヤですわ」

居合せた人たちは笑った。僧はいった。

「なんぼイヤというても仕方ないんです。どうすることも出来ません。それは神さんが決めはることですから」

第六章　長寿とは

❖IT革命は年寄りの敵

友人からこんな話を聞いた。

喜寿が近くなったので（これが最後になるかもしれない）クラス会を開くことになり、幹事が会場であるホテルの住所と電話番号を書いた案内状を送った。×駅に十一時に集合すればホテルから迎えの車が来るとある。

十一時、×駅前に十数人が集まった。だが一向に迎えが来ない。そこでホテルへ電話をかけることになり、一人が公衆電話でかけたが応答がない。ツールルルーという音が聞こえるだけだという。（中略）そこで皆であっちの電話こっちの電話と走り回ったがどれも同じことである。仕方ない、駅長室で電話を借りようということになった。

その時、電話が空《あ》くのを待っていた若い女性が、たまりかねたように声をかけてきた。

「失礼ですが、ファックス番号を押しておられるんじゃありませんか？」

「あーっ」と気がついた人もいるが、わけがわからずキョトンとしていた人もいた。そうして一同は案内状に、電話番号だと思ってファックス番号を記した幹事を責めるよりも、こういう厄介な事態をもたらす現代文明に腹を立てたのであった。

それはわずか二年ほど前のことだ。だがその後の通信機能の進歩の波はあっという間の大津波のように我ら年寄りに押し寄せ、前記の話などもう笑い話にもなりはしない。竜宮城でいい思いをしたわけでもないのに、いつか浦島太郎になっている我ら。

「アイちゃん、教えて。ＩＴ革命ってなに？」

といわれても、そんなもの、知らん、バカバカしい……と何がバカバカしいのか自分でもわけのわからぬことをいって怒っている。

「知らなくても生きぬいてみせるぞ……」

いえるのは今はそれだけである。


『不敵雑記 たしなみなし』

インターネットにウイルスが侵入しているという声がテレビから聞えてくる。コンピューターにもバイキンがつくのか？

どんなバイキンかと娘に質問し、嘲笑《ちょうしょう》に耐えて説明を聞いているうちに頭がボーッとなってきて眠気を催し、

「聞いているのッ、ママ」

「聞いてる――」

昔も昔、小学生の頃、算術の宿題を前におふくろが声を嗄《か》らしていた時の、あの絶望感が蘇ってきた。

人はいう。そういう人は現代に生きる資格がないのかも、と。生きる資格？　生きる資格とは何だ。アホでも生きて行ける世の中にせよと私は叫ぶ。

『それからどうなる』

年寄りの悲劇

「今の年寄りの悲劇は、若い人の役に立たなくなったことですよ。私たちの若い頃は、にくらしい姑めと思っていても、例えば糠味噌《ぬかみそ》のおいしい漬け方とか、黒豆の煮方とか、

子供が熱を出した時とか、いろんなことを教わると、やっぱり一目おくという気になったものです。だから姑はえらそうな顔をしていられた。しかし今は私たちが教えられることって何もないんです。おいしい漬物も煮豆もスーパーで買えばいいいんですから」

『老兵の進軍ラッパ』

老人の美学

熱中症で死んだ老人が何十人とかいるそうだ、と娘はいう。その中にはクーラーがあるのになぜかつけないで死んだ人がいるという。なぜクーラーをつけなかったかということについて、新聞が専門家の解説を伝えていた。ひとつは「この年代の人にありがちな身についた節約癖のため」、それから「クーラーは身体に害があるという思い込みのため」そして「老人は暑さを感じにくくなっている」こともあるという。

だが私には、こういうことも考えられるのである。「確かに暑いことは暑いけれども、しかしまだクーラーをつけるほどではない」と思ってしまうことである。つまり、クーラーに対しての抵抗感だ。抵抗感? 暑いのに、なぜ? と多くの人はふしぎに思うだろうが、そういう気持になってしまうのだからしようがない。難かしくいうと、その中には「克己精神」というようなもの(それは八十余年の生涯で好むと好まざるとにかかわらず、いつか培われて根づいてしまったもの)がある。我々は「我慢は美徳」という時代を生きてきたのだ。学校でも家庭でも社会全体が我慢強さを美徳としていた。暑さも寒さも空腹も疲労も、苦しいことは我慢しなければいけない。らくを求めることはまるで悪徳のようだった。(中略)

昭和十二年、私が女学校二年の時に始まった中国との戦争はやがて膠着《こうちやく》状態になり、物資は日に日に欠乏していった。「贅沢は敵だ」とか「欲しがりません勝つまでは」などという標語が街のあちこちに貼られ、アレを食べたい、コレがほしいなどと欲望を口にすることは許されなくなり、そのうち「いってもしようがないからいわない」という無気力感からいわなくなった。

歌舞伎の「伽羅先代萩《めいぼくせんだいはぎ》」で、謀叛人《むほんにん》から命を狙われ、忠義の乳人《めのと》政岡によってひそかに匿われている幼い世嗣の鶴千代の前で政岡の子・千松がいう台詞、

「さむらいの子というものは、お腹がすいてもひもじゅうない」

というのを子供の声色でやってみせて、芋飯(といってもご飯の中に芋があるのではなく、芋のまわりに飯粒がついている)やかぼちゃ飯の不服をいう子供らを戒めた人もいる。

いやもう、書き始めたらきりがない。汲めども尽きぬ泉さながらだ。ガマン、ガマン、ガマン。私が通っていた女学校では、下車停留所の五つ手前で電車を降りてあとは歩け、というきまりになった。これも体を鍛え、忍耐力を涵養《かんよう》するためである。こっそり下車停留所まで乗った私は、下車した途端に見張りの先生につかまって、乗ったわけを問い詰められ、答えられずに謝った。

クーラーをつけずに死んだ人の中には、こうして剝がしようもなく身についてしまった我慢力、簡単に楽を求めることを潔《いさぎよ》しとしない精神をこびりつけて死んでいった人がいただろう。私はそう思う。やれ「節約癖」とか「害があると思いこんで」とか「暑さに鈍感」だとか、簡単に決めてほしくない。

「主義に殉じて命を落とされました」

もしも私がクーラーをつけずに死んだ場合は、そういってほしい。笑うなり呆れるなりは自由だが。

『これでおしまい』

❖元気に見える病い

日に日に私は弱っていった。疲労が顔に出ているのだろうが、人は気がつかない。人間好きの私は、人と接していると「元気」が出てくるからなのである。そしてヘトヘトになる。ヘトヘトにさせた方が悪いのではない。ヘトヘトになっているくせに「元気」なのがいけないのだ。もっと言葉少なく、声低く、目から力がなくなればいいのだ。だが、私はそうならない。ならないのではなく、なれない。なぜかと問われれば私はこういうしかない。

「多分、これは私の性《さが》、というより病気でしょう」と。そしてつけ加える。

「おそらく私は、死ぬときも元気で死ぬんじゃないでしょうかね」

相手は呆れて笑う。それが私には満足なのである。へとへとになりながら。

❖衰えを感じても頑張るべき？

人はみな、やがて衰え、死んでいく。それが生きとし生けるもの、万物の自然である。なるべくしてなっていくというこの自然のなりゆきに目をつむり、横を向いて、無理に頑張《がんば》ることもないのではないか？　エネルギーがある時は自然に頑張れるのだから、大いに頑張ればいい。エネルギーはなくなってくると頑張りがきかなくなってくるのだから、その時は頑張らなければいい。頑張らなければい、け、な、い、ということはないのだ。自然に委《まか》せればいい。

『老兵の消燈ラッパ』

無理をすることはない。若さと元気ばかり追い求めていると、ある日、突然しっぺ返しを喰うことになるかもしれない。その時に慌てないですむように、日頃から自分の衰えを見守っておきたい。そういう心境で老いていくのが私の理想なのである。

『老兵の進軍ラッパ』

❖ 欲望をなくす

後期高齢者（という名称が怪しからんと怒っている人たちがいるそうだが、後期でも末期でもヨボヨボでも何でもいい。大ヂヂイ、大ババア、中ヂヂイ、中ババア、わかり易いのが一番いいと私は思っている）ともなれば、どんなに厚化粧をして若ぶってみても、自分には身体の衰えがいやでもわかる。早い話が間もなく八十六歳になる私は、この原稿をここまで書くのに、書き直し書き直ししてもう四日を要している（前はこんなものは一日で書いた）。身体ばかりかアタマ、集中力が衰えてきているのだ。

それが人間の自然である。これが私の現実なのだ。この現実をしっかり見定め、受け止めることが大事だと私は自分にいい聞かせる。無理な抵抗はしない方がいい。皺とり手術をしても追っつかない。可能性が満ちて広がる未来はもうないのだ。死に向う一筋の道が通っているだけで、その道もそう長くはない。長くはない道をどう歩むか。

——欲望を殺《そ》いでいくことだ。

私はそう考える。死と向き合って生きる者にとって必要なことは、欲望をなくし、孤独に耐える力を養うことだという考えに私は辿りついた。たまたま「慾《よく》なければ一切足る、求むることあれば万事窮《きゅう》す」という良寛の言葉を見つけ、私は意を強くしている。

『お徳用　愛子の詰め合わせ』

人間は生まれた時から死に向かって歩いているのだ。年をとれば目はかすみ、耳は遠くなり、歯は抜け、血管は疲労して皮膚も筋肉も弾力を失う。それが生きとし生けるものの自然なのだ。その自然に逆らっても逆らわなくても、どっちにしても人間は死ぬ。果ては同じ死があるだけだ。

「ジタバタしてもはじまらん」

丈太郎は声に出していっていた。大事なことはいかに天命を全《まっと》うするかということだ。自分の天命を知り、それに従うことだ。

――いつまでも生き生きと楽しい老後だと？　何をふざけたことを考えている……。

丈太郎は大声でいった。

「そんなことよりも、老人はいつ死んでもいいように覚悟を決めるべきだ……」

『凪の光景（下）』

❖欲望が涸れると、らくになる

かつて私は牛肉が好きだった。だがこの何年かは食べたいと思わなくなっている。かつて私は和装の趣味があって、着物と帯、帯揚げと帯〆、草履に到るまで色の調和を考えなければ気がすまなかった。今でも佐藤さんはおしゃれね、といわれることがあるが、今はおしゃれをしているつもりはない。昔の着物があるから着ている。虫干しのつもりで着ているだけなのである。

たまにはおいしいものでも食べに行こうよ、と家の者にいわれても、「おいしいもの」とはどういうものか、よくわからない。大根の味噌汁と炊きたてのホカホカご飯が私の「おいしいもの」なのだ。

そんな自分に気がつくと、「よしよし、順調、順調」と思う。そう努力しているというわけではないのに、自然に、順調に欲望が涸《か》れていっていることに満足する。欲望が涸れていくということは、らくになることなのだ。それと一緒に恨みつらみも嫉妬も心配も見栄も負けん気も、もろもろの情念が涸れていく。それが「安らかな老後」というものだと私は思っている。

「けれど、それではあんまり寂しすぎるわ」

といった人がいる。

寂しい？　当たり前のことだ。人生は寂しいものと決っている。寂しくない方がおかしいのである。

『お徳用　愛子の詰め合わせ』

老いの時間は死と親しむためにあり

老人は死と親しむことが必要だと私は思う。老いの時間はそのためにあるのだと私は考える。忍び寄ってくる老いに負けまいと不老強壮《ふろうきょうそう》にあくせくするよりも、やがて赴くことになる死の世界に想いを近づけて馴染《なじ》んでおく方がよい。悲惨な死とはこの世に未練を残し、死を拒み恐れて死ぬことであろう。

『不敵雑記 たしなみなし』

❖血の気に腕力が追いつかない

どうもまだ死にそうにない。それならそれで仕方ない。カラ元気を出して生きつづけるしかないと心を決めた。しかし今の世情、どこからどう見ても暗澹《あんたん》とするばかり、神戸の「少年A」とやらの少年少女惨殺事件を皮切りに、バスジャック、リンチ殺人、耳殺《そ》ぎ、暴走族の暴行殺人、今朝の新聞には高校生の男女が会社員の両耳を安全ピンで刺し、(それにしてもなんで安全ピンなんだろう? 安全ピンで耳たぶを二つ折りにして留めたのか。どんなふうに刺したのか。そういうことを新聞はきちんと報道してくれなければ) 大怪我をさせたと報じている。

「バスジャックの時、もしママが乗り合せてたら完全に殺されてるね」

と娘はいう。私もそう思う。私のように老いても血気にはやる者は、いわでものことを口走ったりして、真先に殺されているだろう。自分が殺されるだけならまだいいが、

「あのババアが余計なことといいやがったから」

という理由で、隣席の人までやられないとは限らないのである。それを思うと滅多なことはいえない。ことなかれ主義に徹するしかないのである。ことなかれ主義の人生を長生きしなければならないのなら、いっそ犯人と刺し違えて死んだ方がマシだ。だが娘は、

「刺し違える前に殺《や》られてる――」

いとも簡単にいう。かつては大力を誇ったこの私も、腕を使わず口ばっかり使っているうちにすっかり膂力《りょりょく》は衰えた。情けないが、今はもう他人さまに迷惑をかけぬために自重に自重を重ね、生きなければならないのである。


『そして、こうなった』

婆ァなかなか死にもせず

私には四十代の頃から「これでなければイヤ」という口紅がある。だがその口紅は日本橋の高島屋へ行かなければ売っていないので、出不精の私は二年に一度か三年に一度、日本橋の近くへ行った時に高島屋に寄って、二、三本まとめて買うのを常としていた。今、使っているものは何年前に買ったものか忘れたが、最後の一本が大分減ってきている。たまたま高島屋に用があって出かけ、そのことを思い出した。そうだ、ついでに……と思って売場へ行き、今までのように二本下さい、といいかけて、待てよ、一本でいいか、と思い直した。二本買っても残ったらもったいない。一本にしておこうか？しかしと考えた。今、使っているものは半分と少しある。それを使いきるまで様子を見た方がいいんじゃないか？

「あッ、ごめんなさい。ちょっと……」

といって私は売場を逃げ出した。なにが「ちょっと……」だ、と思いつつ。

この話を聞いた人はほとほと呆れ果てた、といわんばかりに、
「どうしてそう、ケチなんですかァ」
と溜息《ためいき》をついたが、うーん、やっぱりこういうのを「ケチ」というのかなあ。私としては「ケチ」というより「死生観」といってほしいのだが。

桃咲いて爺ィなかなか死にもせず　紅緑

死ぬ死ぬという奴ほど長生きすると誰かがいった。こんなに死ぬことばかりいいながら「婆ァなかなか死にもせず」といわれることになるのかもしれない。

『だからこうなるの』

先が読めない年寄りの不幸

死ぬ時がわかっていればそれに見合う暮し方が出来るのだが、一寸先は闇だから不自

由だ。私の知り合いに八十六で五百万もする総入歯を作ったと思ったら、間もなく病気になって流動食から点滴になって、五百万の総入歯は十日ほど使っただけで死んでしまった人がいる。その人が死ぬ前に娘さんにいったそうだ。こんな入歯、作らなきゃよかったと。冥途の障《さわ》りにならなきゃいいけれどと娘さんは泣く泣くいっていたが、これが女というものなのだ。

『まだ生きている』

◆生きるのも大変だが、死ぬのも大変

全く、生きるのも大変だが、死ぬのも大変という事態になってきた。これというのも医学の目ざましい進歩のおかげである。その力で人は長寿になり、長寿は認知症を招き、認知症は病ではなく老い衰えたための脳細胞の欠落による症状であるから治療法というものがなく、死とは関係ない。それでも身内はほうっておくわけにはいかないから、看護に心身をすり減らす。

長寿はめでたくはなくなったのである。

『かくて老兵は消えてゆく』

私が病院に頼らなくなってから、もう二十年になる。私は我儘《わがまま》と心配性が同居している厄介な人間なので、病院へ行くと「どんな目に遭うかわからない」という心配のために、病気になっても苦痛を怺《こら》えて家で唸《うな》っているのである。余計な検査なんかしてほしくないと思っても、何しろお医者さんは患者よりも偉いお方であるから、いわれることを拒むことは出来ず、無用の検査に耐えなければならないのがいやである。無用かどうかは医者が決める、素人にわかるわけはない、といわれると、その通りなのだが、べつにそんなイヤなことをしてまで生きながらえることもない。そういう年まで十分生きて来たのだ。死んでもいいと思っている者を無理やり検査漬けにして生かそうとするのは僭越《せんえつ》じゃないか、と私はいいたい。老人医療は苦痛を取り除いて安らかに死へ導くという考えを持ってもらうわけにはいかないものだろうか。

『戦いやまず日は西に』

人間は「物」ではない

病院へ行ったが最後、どんな目に遭うかわからない、と私は思う。医師が関心を持つのは病人ではなく「病巣」だ。当り前じゃないか、それが病院だ、と人はいう。その通りにちがいない。だが私はその「当り前」さがいやなのだ。「病巣相手」ではなく「人間を相手」にしてもらいたい。「物」として私は死にたくない。たとえ病巣の発見が遅れようとも。

『老残のたしなみ　日々是上機嫌』

驚異の自然治癒力

胆嚢の痛みがくるようになってから、私の食物に対する嗜好は激変した。それまでは肉食を好んでいたのだが、牛肉など年に二回か三回、人の招待でやむなく食べるだけ、自宅では肉料理は一切しなくなった。その代りに大根おろしの中毒ともいうべき状態になり、朝、昼、晩、ご飯は食べなくても大根おろしだけは食べたいというふうになった。大根おろしのほかにはもうひとつ、昔は大キライだったトマトが好きになり、来る日も来る日も大根おろしとトマトばかり食べている。友人にすし屋へ連れて行かれても大根おろしを注文するという有様である。

動物には自然治癒力というものがあって、野生動物はみな、自分の力で病や傷を癒している。人間も「ヤバン人」であった頃は自然治癒力というものが旺盛だったにちがいない。科学の進歩で人間（ばかりでなく、この節は犬や猫も）の自然治癒力は磨滅してきていて医薬に頼らなければならなくなっている。そうして医薬に頼ってばかりいると、ますます自然治癒力というものは失われてしまう。

私の胆嚢が鎮静しているのは、私の中なる自然治癒力が大根おろしとトマトの偏食へと導いてくれたおかげだと私は思っている。

『上機嫌の本』

❖愛される老人になんかなりたくない

ある雑誌社から電話がかかって来た。

「愛される老人になるためには、というテーマでいろんな方の意見を聞いているのですが、佐藤さんにも是非……こう申しては何ですが、そのう……老境が近づいておられるお立場からですね、是非ともご意見を伺いたいのですが……」

途端に私はムカムカと来た。こう書くと人は「老境が近づいておられるお立場から」といわれたのでムカムカしたのね、と思われるかもしれないが、私はそんなケチなことでムカムカしたりはしない。それが事実であればすべて素直に容認するのが私の主義だ。

「愛される老人になるためには、とは何ですか！」

と私は怒ったのである。

「愛される老人とはいったい誰に愛されるんです！　若者にですか？　冗談いってもらっては困りますよ。若者に愛されるために、アレコレ心がけたりなんかしたくないッ！」

いっているうちに、声はだんだん大きくなって、庭を越えて近隣に響き渡ったことであろう。相手は私の見幕にびっくりして、

「はあ、つまり、そのう……あのですネ、つまり、あの、何です」

とくり返すばかり。

「あなたのその発想は老人を侮辱しています。なぜ、〝老人に愛される若者になるためには〟という発想がないんですかッ！　あるいは〝若者を愛する老人になるためには〟となぜ考えないんですッ！」

「はあ、なるほど」

「なるほどじゃないッ！　怪《け》しからん！　私はそんなことを考えてまで愛されようとは思いませんよ！　私は孤独に徹します。わかる奴はわかる。わからぬ奴はわからなくていい。愛さない奴は愛さなくていい！　私はそう思っています。それくらいの気概がなくて、どうしますか。長い人生を苦闘して来てですよ、その果てに若者に愛されることをなぜ考えねばならんのです！　思い上るな、それが私の答です」

相手は閉口して引き下った。

『楽天道』

迷いの原因

若いうちには迷いが多いというが、それは間違いである。年をとると迷いが増える。色んな経験をして、色んな人の気持がわかるようになるということが、この迷いの原因なのである。

『枯れ木の枝ぶり』

エネルギーの涸渇

若い頃、「あのうるさい親爺《おやじ》さんも年をとって丸くなりましたねえ」などという言葉を耳にしたが、「丸くなる」ということは人間が出来て角《かど》が取れたのではなく、単にエネルギーが涸渇《こかつ》して来ただけのことであったと、今にしてわかる。なにも感心するほどのことではなかったのだ。

「そんなことをおっしゃらずに、どうか大いに怒って下さいよ。佐藤さんが怒らなくなると私たち、寂しいです」

という編集者の人などいて、以前なら、

「なにッ、そんなこといっておだてて書かそうたってダメだ。陰で悪口いってるくせにッ！」

と忽《たちま》ち怒ったものだが、この頃はただ、ヘラヘラ笑って、

「そうねえ……」

と気の抜けたサイダーみたいになっている。


『女の怒り方』

いかに上手に枯れていくか

今、私が直面している問題は、いかに自然に老い、自然に逆《さか》らわずに死んでいけるか、ということだ。いかに孤独に耐え、いかに上手に枯れていくか。長命がめでたいのは、心も肉体も枯れきって死ねるからめでたいのだと私は考えている。肉体にエネルギーが残っている間は死ぬのは容易ではない。心に執着や欲望を燃やしたまま死ぬと、死後の魂は安らかでない。

『老い力』

病人の心得

それにつけても思い出されるのは、私の亡父が七十六歳で身罷《みまか》った時のことだ。三カ月ばかりの病臥《びょうが》中、ある日、いくらか気分がよかったのか、父は附添婦《つきそいふ》さんに向って話しかけた。

「そろそろ吉野の桜が咲く頃だなあ……行ってみたいなあ……吉野の桜を見に行きたいものだなあ……」

その父に、附添婦さんはあやすような優しい口調で答えた。

「ハイハイ、行きましょうねェ……桜が咲いたら行きましょねェ、行きましょ、行きましょ……」

次の瞬間、父の大怒号が家中に響き渡った。

「無礼者ッ！　その答え方は何だッ！　俺を何だと思ってるんだッ！……」

附添婦さんはキモをつぶして、お暇をいただきますといい出す騒ぎ。彼女にしてみれば優しく応答しただけであるのに、いきなり怒鳴りつけられたのだ。わけがわからない。理不尽この上ない事態だったにちがいない。

「つまり、何といったらええのんか……つまりですな。行きましょ、行きましょ、と子供をあやすみたいに軽ういうたんがいかんかったんですなあ……」

附添婦さんをなだめようと、間に立った人は汗を流した。

「それがなんでいかんのです。ほんならなんですか。どうせ花が咲いても行かれへんに決ってますがな、この身体では……と正直にいうたらよかったんですか！」

と附添婦さんはいきまく。

「お年寄りと思うから、出来るだけ優しゅうモノいうたつもりです」

「――つまり、あのお方は、気むつかしいお方ですのんや」

そういうことで、附添婦さんは納得したのだったが、母は蔭《かげ》で、

「明治の男はこれからは生きにくうなります」

と嗟歎《さたん》していた。

病人になった時から「誇《ほこり》」を捨てる。

どうやらそれが現代の病人の心得のようで。だから私は病院へ行きたくない。


『楽天道』

ボケを認めなくなったときが……

ああ、ついに来るものが来たのか。固有名詞を忘れるようになったのは大分前からのことだが、それを第一期ボケ徴候とすると今は第二期に入ったということなのだろう。だが今はまだ注意されると濃霧が薄れて、

「そうか……そうだったか……」

と思い直す余裕がある。

「ゼッタイにそんなことはありませんッ！」

と頑張るようになると、これは第三期なのだろう。


『それからどうなる』

老人の心境は複雑である

思えば遠藤（周作）さんが、

「おい、サトくん、お互い愈々古稀《いよいよこき》やで。そのうち二人だけで祝いのメシ、食おうな」

と電話をかけて来て、

「そうしよ、そうしよ、遠藤さんのオゴ……」

「リ」、という間もなく、「ワリカンや！」ときめられてしまったあの年、彼は死んでしまった。あれからもう七年も経つのか。古くからの大切な友達が櫛《くし》の歯の欠けるように（というのも古い比喩だが）死んで行く。

逝く人はぬくし　残りし者の寒さかな

だ。今は死んで行った人を悼むよりも、羨ましいという心境になっている。どう考えても今は向うの世界の方が賑やかで面白そうだ。

「なにやっとるんだ、サトくんは。まだ生きとんのか」

と遠藤さんがいえば、川上宗薫は、

「しかしなあ、愛子サンが来るとなあ……またうるさくなるからなァ」

といい、菊村到《きくむらいたる》さんはいつも歯イタを怺《こら》えているようなあの顔で笑っている――。

この秋には私が最も信頼し、私の死後はこの人にすべてを托《たく》すつもりでいた池田敦子さん（元週刊読売記者だった）に先立たれた。私よりも七歳年下の池田さんに逝かれたことは、親に死なれた時よりも辛い。鬼界島《きかいがしま》に取り残された俊寛《しゅんかん》が、

「待ってくれェ……」

とよろめき叫ぶのにも似た心境の今日この頃である。

『そして、こうなった』

順調な衰え

ある冬の明け方、うつらうつらしていると突然背中が締めつけられて息も出来ないような苦痛に襲われた。七、八年前のことである。その苦痛は数分後には消えて平常に戻った。人に話すとそれは狭心症という病気ではないかといわれたが、私はのどもと過ぎれば熱さを忘れるタチで、そのまま気にも留めずに日を過ごした。

その時と同じ病状が最近何度か起きるようになり、この頃では背中が締めつけられるだけでなく、胸の方も締めつけられ暫《しばら》くは呼吸困難という有さまになる。しかしこれも

数分辛抱していれば治まるので、このために病院へ行くという面倒はしていない。七十六を過ぎたのだから、不調が出るのは当然だという思いがある。老い衰える——これが人間の（生物の）自然である。この頃は自然にさからって無理やり延命したり、外貌《がいぼう》の若さを保つためにあれやこれやと手を打つのがはやりだが、所詮、生き物は死ぬのだからジタバタしてもしかたがないという気持が私にはある。老衰への道——あの世への道といってもいい——が愈々《いよいよ》狭心症という形で始まったのか。順調に衰えて行っているのだな。よしよし、という気持である。

『不敵雑記 たしなみなし』

老人に価値はあるのか

今の世の中は無駄なもの、即効性のないものは切り捨てられていく世の中だ。老人の価値はどこにあるか？　と訊いた人がいた。あたかも価値があれば認め、価値がなければ切り捨てようと気構えているかのように。

老人の価値は若者よりも沢山の人生を生きていることだと私は思う。失敗した人生も成功した人生も頑固な人生も、怠け者の人生も、それなりに人生の喜怒哀楽を乗り越えてきた実績を抱えている。

『老い力』

死ぬ時がくれば人は死ぬ

人はいつか病み衰えて死ぬのだ。どんな健康法を実践したところで、くるものはくる。健康法を実践したから長命ということはないだろう。長命な人は「自然に逆わずに生きた」ために長命なのにちがいない。健康法のおかげで癌を防いだとか、癌の苦痛が全くないのはあの健康法のおかげです、ということがあるのならともかく、何をしていても癌になる人はなる。なる時はなる。死ぬ時がくれば人は死ぬのである。

『上機嫌の本』

❖人生最後の修行の時

これからの老人は老いの孤独に耐え、肉体の衰えや病の苦痛に耐え、死にたくてもなかなか死なせてくれない現代医学にも耐え、人に迷惑をかけていることの情けなさ、申しわけなさにも耐え、そのすべてを恨まず悲しまず受け入れる心構えを作っておかなければならないのである。どういう事態になろうとも悪あがきせずに死を迎えることが出来るように、これからが人生最後の修行の時である。いかに上手に枯れて、ありのままに運命を受け入れるか。楽しい老後など追求している暇は私にはない。

『老い力』

❖死にゆく者にとって看病人はただの見物人

父が死んだとき五十七歳だった母は、七十八歳になって重病の床に就いた。その二年前、母は脳出血に見舞われて奇蹟《きせき》的に一命を取り止めた。その療養中、母は看病人の目を盗んで一人で立って厠《かわや》へ行こうとして転倒した。私が駆けつけて怒ると母はいった。

「立てるのか立てんのか、ためしてみたかったんや」

私は怒る気を失った。その一言に怒る気を失ったのはそれだけ私が年を取った証拠なのであろう。父の病中、私は床の中で尿《にょう》を取らせるのをいやがる父によく腹を立てたものだった。

「武士たる者が寝床の中で小便が出来るか！」

そういって怒る父に向かって私は更に怒り返した。

「なにが武士よ！　勝手な時ばかり武士になって……」

そして私は昂奮《こうふん》のあまり絶句したものだった。無理やり立って便所に向かって走る父の後を、憤怒《ふんぬ》に燃えて追いかけ、

「死んでも知らないから……」

と叫んだりした。その頃の私は若かった。今の私にはそんなファイトはない。父が便所へ立ちたかったのは、自分にどの程度生きる力が残っているかを確かめたいのかもし

れないと思うとたとえそれを医師が禁じていたとしても、私はそうさせてやりたいような気がする。死んで行く者にとって看病人は必ずしも〝助ける者〟ではなく、向こう岸の見物人にすぎないのではないだろうか？　この頃、私はそんなことを思う。そんなことを思う私はよい看病人にもなれず、また怖ろしくて病人にもなれないのである。

『こんな考え方もある』

めでたい完結は「これでおしまい」

——これでおしまい。

これを私の最期の言葉として遺《のこ》したい。ゲーテは「もっと光を」といったそうだが、「これでおしまい」の方がさっぱりしていてよいではないか？「もっと光を」はどうも未練がましくていけない。

「これでおしまい——」

そういってさっぱり死んでいければこれ以上のめでたい完結はないが、いつまでもい

つまでもこれでおしまい……これでおしまい、といいつづけ、

「いつおしまいになるんでしょう？」

と心配されるようなことにだけはなりたくないものだと思いつつ……。


『これでおしまい』

あとがき

幻冬舎の四本女史から、私の過去の作品（小説、エッセイのたぐい）の中から、「これはいい」と思える文章を抜粋して、一冊の本にしたい、という相談を受けたのは去年の十月頃でした。

正直いうと、私はあまり気が進みませんでした。私には単行本になった自分の文章を、改めて読み返すことが出来ないという厄介な性質があるのです。というのは読んでいるうちに、その文章が気に入らなくなってきて、手直ししたくてウズウズして来る。取り返しのつかないことをしてしまった！　という思いにさいなまれて。

気が小さいというか、未練がましいというか（未練なんて、金銭にも物にも、別れた亭主にも、色恋の相手にもかつて抱いたことなんかないのに、生み出した作品にだけは、なぜか……）。

しかし四本女史はそんな私の気持などおかまいなしに、朗らかに、自信に満ちてことを進め、出来上ったのが本書です。

仕方なく、送られて来た文章を読みました。そうして例によって、手を入れたい、書き直したいという思いに駆られました。この本に収録されている文章には今から四十年前、五十年前のものもあります。しかし、読んでいるうちに、未熟であろうと独善的であろうと、ここにあるのはまさしく佐藤愛子なので、こんなふうに考えながら、書きながら、九十三歳になったのだ――そう思うようになり、呆れるやら感心するやら、改めて四本女史のご苦労に思いを馳せた次第です。

九十三歳の佐藤が今、選ぶとしたら、これとは違う本になったかもしれない、と思ったりもするけれど、いや、やっぱり佐藤愛子は佐藤愛子であることに変りはない。

これでいいのだ、と思ったのでした。

二〇一六年初秋

佐藤愛子

出典著作一覧

〈小説・フィクション〉

『窓は茜色』中央公論社
『凪の光景（上・下）』集英社文庫
『花は六十』集英社文庫
『戦いすんで日が暮れて』講談社文庫
『鎮魂歌』集英社文庫
『幸福の絵』集英社文庫
『風の行方（上・下）』集英社文庫
『ソクラテスの妻』中公文庫
『ひとりぽっちの鳩ポッポ』集英社文庫

〈エッセイ・ノンフィクション〉

『お徳用　愛子の詰め合わせ』文春文庫
『冬子の兵法　愛子の忍法』佐藤愛子／上坂冬子　文春文庫
『それからどうなる』文春文庫
『これでおしまい』文春文庫

『老兵の消燈ラッパ』文春文庫
『淑女失格 [私の履歴書]』日本経済新聞社
『不敵雑記 たしなみなし』集英社文庫
『女の怒り方』集英社文庫
『幸福のかたち』ハルキ文庫
『戦いやまず日は西に』集英社文庫
『日本人の一大事』海竜社
『なんでこうなるの』文春文庫
『かくて老兵は消えてゆく』文春文庫
『まだ生きている』文春文庫
『上機嫌の本』PHP文庫
『娘と私と娘のムスメ』集英社文庫
『こんな考え方もある』角川文庫
『こんな女もいる』角川文庫
『何がおかしい』角川文庫
『老兵の進軍ラッパ』文春文庫
『愛子とピーコの「あの世とこの世」』佐藤愛子/ピーコ 文藝春秋
『死ぬための生き方』海竜社

『娘と私のただ今のご意見』集英社文庫
『そして、こうなった』文春文庫
『男の学校』集英社文庫
『丸裸のおはなし』集英社文庫
『こんな暮らし方もある』角川文庫
『男の結び目』佐藤愛子／田辺聖子　集英社文庫
『私のなかの男たち』講談社文庫
『女の学校』集英社文庫
『愛子のおんな大学』講談社文庫
『楽天道』文春文庫
『老い力』文春文庫
『枯れ木の枝ぶり』角川文庫
『娘と私の時間』集英社文庫
『だからこうなるの』文春文庫
『わが孫育て』文春文庫
『老残のたしなみ 日々是上機嫌』集英社文庫
『冥途のお客』文春文庫
『私の遺言』新潮文庫

『こんなふうに死にたい』新潮文庫

※本書はこれらの出典から抜粋し、一部、加筆修正のうえ構成しました。
ご興味をもたれましたら原作をお読みいただけると幸いです。——編集部

著者略歴

佐藤愛子《さとうあいこ》

大正十二年大阪生まれ。甲南高等女学校卒業。
昭和四十四年『戦いすんで日が暮れて』(講談社)で第六十一回直木賞を受賞。
昭和五十四年『幸福の絵』(新潮社)で第十八回女流文学賞を受賞。
佐藤家の荒ぶる魂を描いた『血脈』(文藝春秋)の完成により、
平成十二年に第四十八回菊池寛賞を受ける。
平成二十七年『晩鐘』(文藝春秋)で第二十五回紫式部文学賞受賞。
近著に『孫と私の小さな歴史』(文藝春秋)、
『佐藤愛子の役に立たない人生相談』(ポプラ社)、
『九十歳。何がめでたい』(小学館)がある。

幻冬舎新書 425

人間の煩悩

二〇一六年 九 月二十五日 第 一 刷発行
二〇一七年十一月 二十 日 第十四刷発行

著者 佐藤愛子

発行人 見城 徹
編集人 志儀保博
発行所 株式会社 幻冬舎
〒一五一–〇〇五一 東京都渋谷区千駄ヶ谷四–九–七
電話 〇三–五四一一–六二一一(編集)
〇三–五四一一–六二二二(営業)
振替 〇〇一二〇–八–七六七六四三
ブックデザイン 鈴木成一デザイン室
印刷・製本所 株式会社 光邦

JASRAC 出 1610607–714

Printed in Japan ISBN978-4-344-98428-8 C0295
さ‐16‐1
幻冬舎ホームページアドレス http://www.gentosha.co.jp/
＊この本に関するご意見・ご感想をメールでお寄せいただく場合は、comment@gentosha.co.jp まで。